멋스러운
우리 옛 그림

〈멋스러운 우리 옛 그림〉은
초등학교 교과서의 이런 단원과 관련이 깊어요.

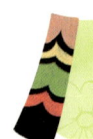

멋스러운 우리 옛 그림

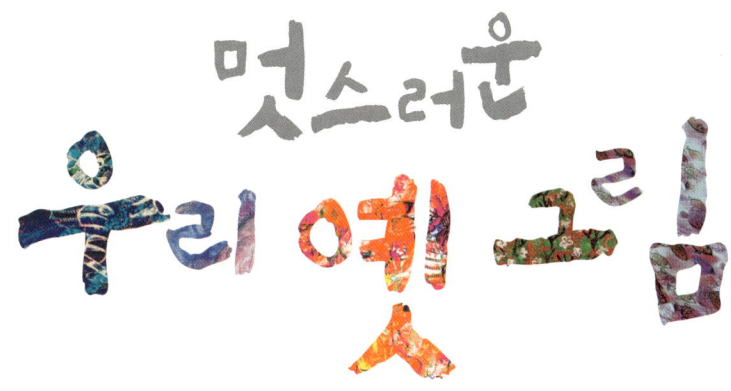

우리누리 글 ● 조명자 그림

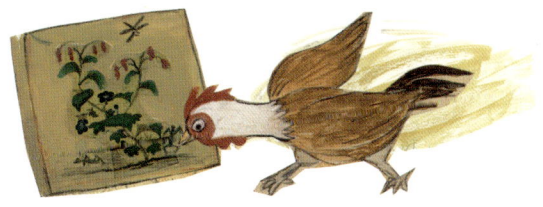

주니어중앙

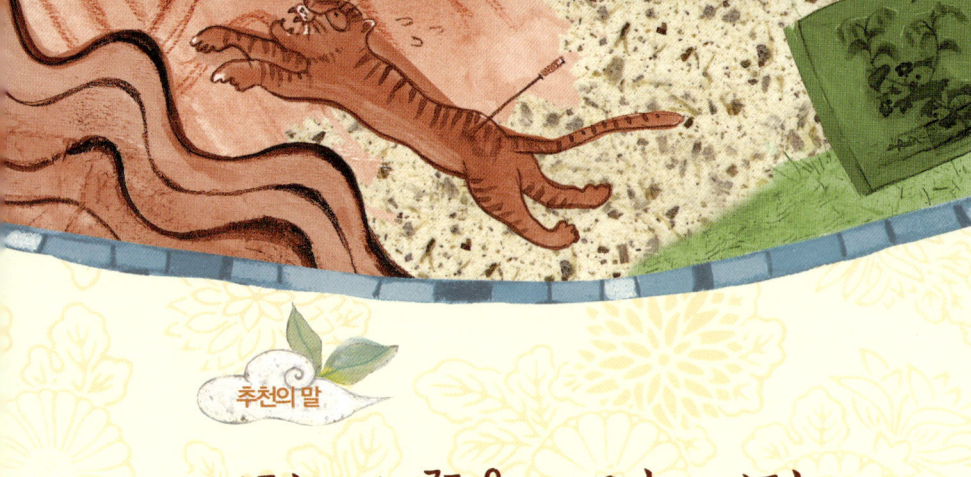

어린이가 꿈을 키우는 터전

꿈 많은 어린 시절엔 장대한 역사와 위대한 문화유산에 관한
책을 읽는 것이 좋다.
거기에는 어린이가 꿈을 키우는 터전이 있기 때문이다.
감수성 예민한 어린 시절엔 흥미로운 그림을 통하여
재미있게 이야기를 풀어간 책이 좋다.
그것은 시각적 인식을 통해 어린이의 상상력을 자극하기 때문이다.
『오십 빛깔 우리 것 우리 얘기』는 이런 필요조건을 갖춘
고급 어린이 교양도서라 할 만한 것이다.

유홍준
(전 문화재청장, 현 명지대 교수,
『나의 문화유산 답사기』 저자)

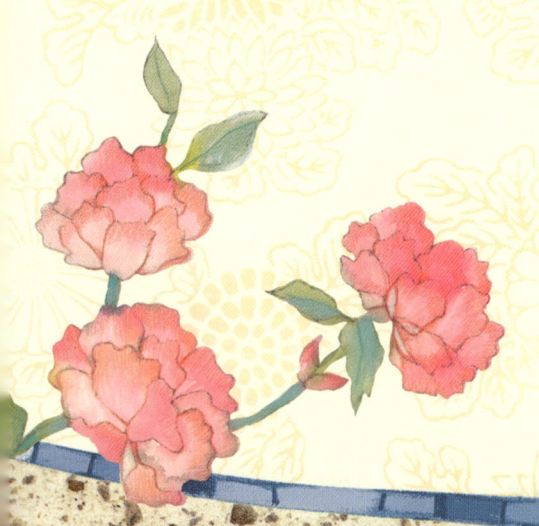

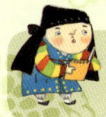# 이 책을 추천해주신 선생님들

● 전래놀이, 풍속과 관련된 수업에 활용하고 있습니다. 옛 풍속과 관련해서 요즘에는 잘 사용하지 않는 용어들이 있어 아이들이 어려워하는데, 이 책에는 사진 자료와 함께 쉽고 정확하게 설명이 되어 있어 아이들이 이해하기 쉽게 되어 있습니다.
　　　　　　　　　　　　　　　　　　　　　　　　　　　　　　　－손영수 선생님(가사초등학교)

● 아이들이 우리의 전통문화를 쉽게 접할 수 있도록 도움을 주는 소중한 자료입니다. 우리 학교 독서 퀴즈대회에서 매년 사용하는 책이랍니다.
　　　　　　　　　　　　　　　　　　　　　　　　　　　　　　　－성주영 선생님(도당초등학교)

● 우리의 옛 풍습과 문화, 관혼상제 등에 대해 자세히 설명되어 있어 수업을 하기 전에 미리 읽어 오라고 하는 도서입니다.
　　　　　　　　　　　　　　　　　　　　　　　　　　　　　　　－전은경 선생님(용산초등학교)

● 우리의 문화와 역사를 초등학생들이 이해하기 쉽도록 재미있는 옛이야기로 풀어낸 점이 가장 마음에 듭니다. 초등 교과와 연계된 부분이 많아 학교 수업에 많이 활용하는 도서입니다.
　　　　　　　　　　　　　　　　　　　　　　　　　　　　　　　－한유자 선생님(삼일초등학교)

김임숙 선생님 (팔달초)	조윤미 선샘님 (화양초)	이경혜 선생님 (군포초)	염효경 선생님 (지동초)
오재민 선생님 (조원초)	박연희 선생님 (우이초)	박혜미 선생님 (대평중)	이진희 선생님 (수일초)
최정희 선생님 (온곡초)	정경순 선생님 (시흥초)	박현숙 선생님 (중흥초)	김정남 선생님 (외동초)
이광란 선생님 (고리울초)	김명순 선생님 (오목초)	신지연 선생님 (개포초)	심선희 선생님 (상원초)
문수진 선생님 (덕산초)	정지은 선생님 (세검정초)	정선정 선생님 (백봉초)	김미란 선생님 (둔전초)
김미정 선생님 (청덕초)	조정신 선생님 (서신초)	김경아 선생님 (서림초)	김란희 선생님 (유덕초)
정상각 선생님 (대선초)	서흥희 선생님 (수일중)	윤란희 선생님 (안산시근로자시민문화센터어린이도서관)	

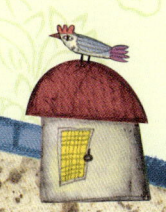

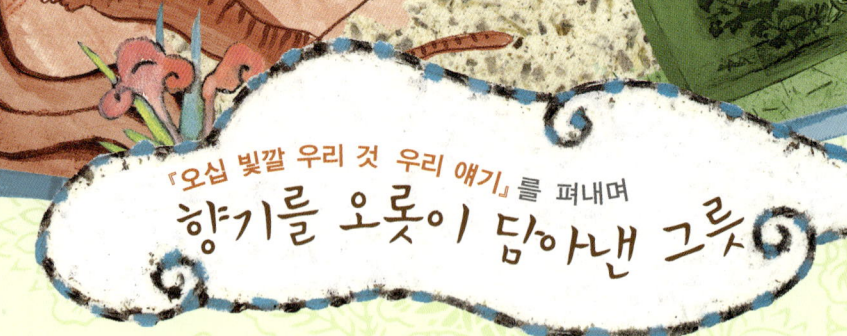

『오십 빛깔 우리 것 우리 얘기』를 펴내며

향기를 오롯이 담아낸 그릇

『오십 빛깔 우리 것 우리 얘기』시리즈가 처음 출간된 지 어느덧 16년이 되었습니다. 그동안 수많은 어린이와 부모님, 그리고 선생님들의 사랑을 받으며 전 50권이 완간되었고, 어린이 옛이야기 분야의 고전(古典)이자 스테디셀러로 굳건히 자리매김해 왔습니다.

이 시리즈는 '소중히 지켜야 할 우리 것'에 대한 이야기를 어린이를 위해 '쉽고 재미있게' 풀어쓴 책입니다. 내용으로는 선조들의 생활과 풍습 이야기, 문화재와 발명품 이야기, 인물과 과학기술·예술작품 이야기, 팔도강산과 고유 동식물 이야기 등 우리나라 역사와 전통문화 모든 영역을 총망라하고 있습니다. 그리고 이를 50가지 주제로 엮어 저학년 어린이도 얼마든지 볼 수 있도록 맛깔나는 옛이야기로 담아냈습니다. 장대한 역사와 위대한 문화유산을 배우기에 옛이야기만큼 좋은 형식도 없기 때문입니다.

대한민국의 국민으로서 알아야 하고 전해야 할 우리 것, 우리 얘기는 아주 많습니다. 그동안 이 시리즈를 통해 많은 어린이가 우리 것을 알게 되고, 우리 얘기를 사랑하게 되었을 것입니다. 시간이 흘러도 역사와 전통문화의 향기는 변하지 않기 때문입니다.

하지만 저희는 그 향기를 담아내는 그릇이 그간 색이 바래고 빛을 잃었다는 사실에 가슴이 아프고 안타까웠습니다. 그래서 책에서 전하는 우리 것의 향기를 오롯이 담아낼 수 있는 새로운 그릇을 찾고자 하였습니다. 그 그릇을 통해 향기가 더욱 그윽해지고 멀리까지 퍼져서 수백 년, 수천 년 전의 우리 것이 오늘날에도 살아 숨 쉴 수 있도록 생명력을 주고자 하였습니다.

이에 몇 가지 원칙을 가지고 『오십 빛깔 우리 것 우리 얘기』 시리즈를 새롭게 출간하게 되었습니다.

◎ 원작이 가지는 옛이야기의 맛과 멋을 그대로 살렸습니다.

◎ 요즘 독자들의 감각에 맞추어 디자인과 그림을 50권 전권 전면 개정하였습니다.

◎ 교과 학습의 길잡이가 될 수 있도록 연계 교과를 표시하였습니다.

◎ 학습정보 코너는 유익함과 재미를 함께 줄 수 있도록 4컷 만화, 생생 인터뷰, 묻고 답하기 등으로 내용을 재구성하였고, 최신 정보와 사진을 수록하였습니다.

◎ 도표, 연표, 역사신문, 체험학습 등으로 권말부록을 풍성하게 꾸며서 관련 교과 학습을 강화하였습니다.

이 책을 처음 읽었을 8살 꼬마 독자는 지금쯤 나라와 민족에 긍지를 가진 25살 자랑스러운 대한민국 청년이 되었을 것입니다. 그 청년이 부모가 되어서도 자녀에게 다시 권할 수 있는 그런 책이 되기를 바라며, 이 시리즈를 오십 빛깔 그릇에 정성껏 담아 내어놓습니다.

주니어중앙

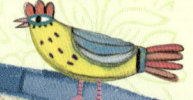

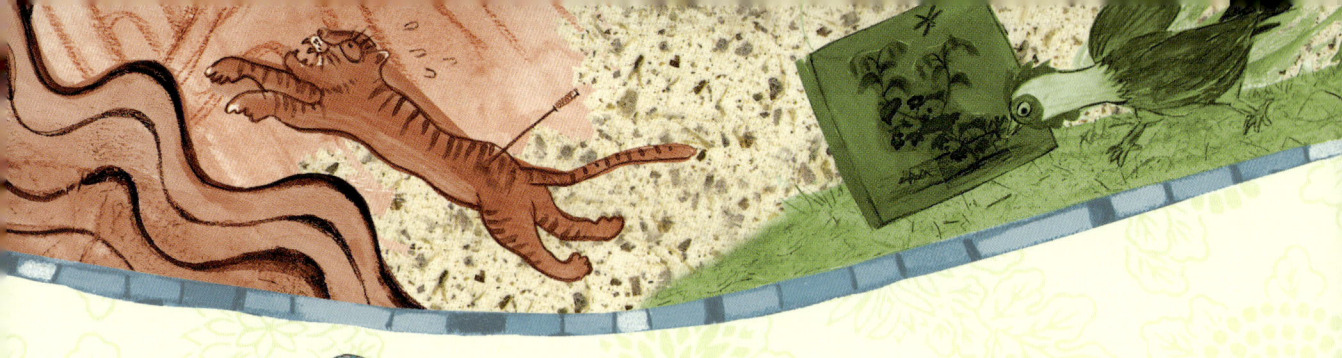

조상들의 삶과 예술

우리 친구들 중에는 〈모나리자〉나 〈천지창조〉, 고흐의 〈해바라기〉는 잘 알면서 〈수렵도〉나 〈몽유도원도〉 같은 우리나라 미술 작품에 대해서는 모르는 사람이 많아요. 이것은 많은 친구들이 서양의 미술 작품은 자주 접하지만 우리 고유의 미술 작품에는 관심이 없다는 걸 말해요. 우리 주변에는 생각보다 조상들의 미술 작품이 많고, 모두 훌륭한 문화유산이지요.

지금부터라도 우리의 그림에 관심을 기울인다면 그것들이 새로운 느낌으로 다가올 거예요. 우리의 옛 그림에는 서양의 미술 작품 못지않게 조상들의 숨결과 정신이 깃들어 있거든요. 더불어 그 속에는 재미있는 이야깃거리도 많아요. 하지만 우리 친구들이 여기에 관심을 기울이지 않는다면 아무것도 깨달을 수 없어요.

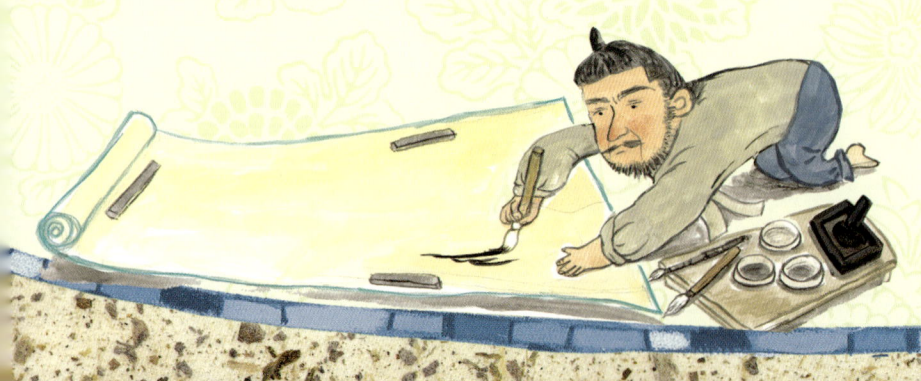

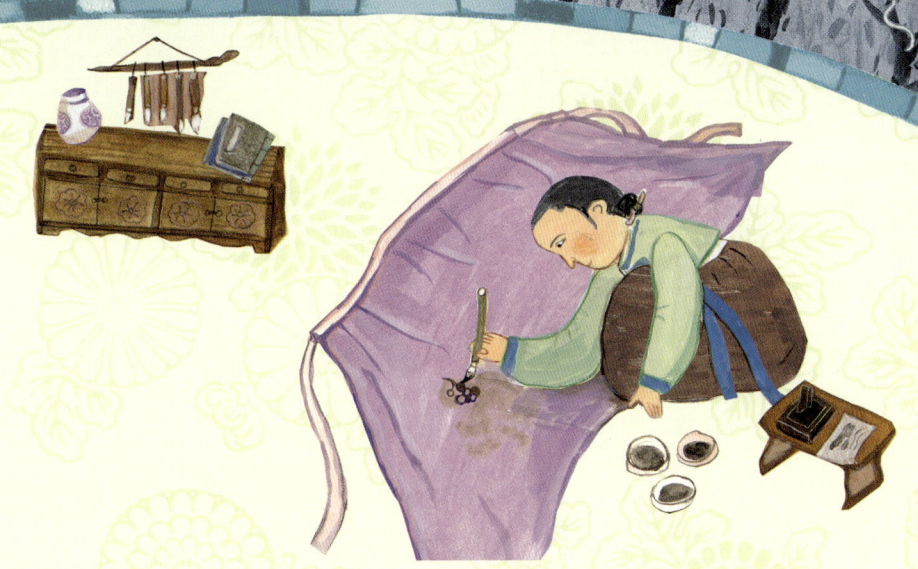

　이 책은 우리 친구들에게 조상들의 옛 그림을 볼 수 있는 심미안을 심어 주기 위해 만들었습니다. '심미안'이란 마음의 눈으로 아름다움을 읽어 내는 것을 뜻해요. 옛 그림을 심미안으로 보다 보면 예전에 미처 깨닫지 못하던 것들을 깨우칠 수 있을 거예요. 그림은 아는 만큼 느끼는 것이니까요.

　이 책에는 일반 백성들에게 사랑받던 민화와 고구려 사람들의 기상이 배어 있는 벽화, 사군자, 산수화, 풍속화 등 그림에 관한 다양한 이야기가 가득해요.

　어린이 여러분이 이 책을 통해 우리 그림에 대한 심미안을 기르고, 그와 더불어 예전과는 다른 눈으로 우리 그림에 다가갔으면 하는 바람입니다.

어린이의 벗 우리누리

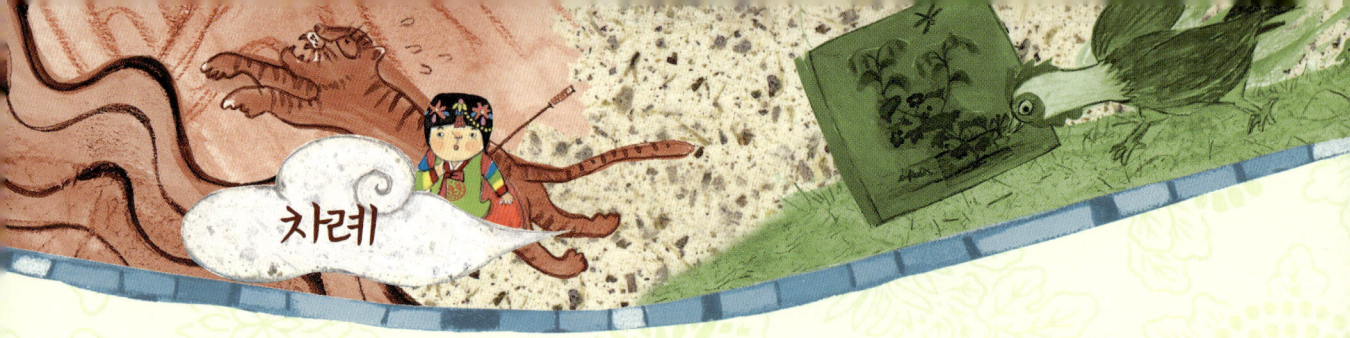

차례

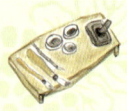
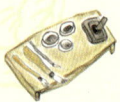
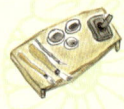
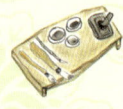
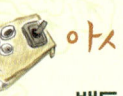

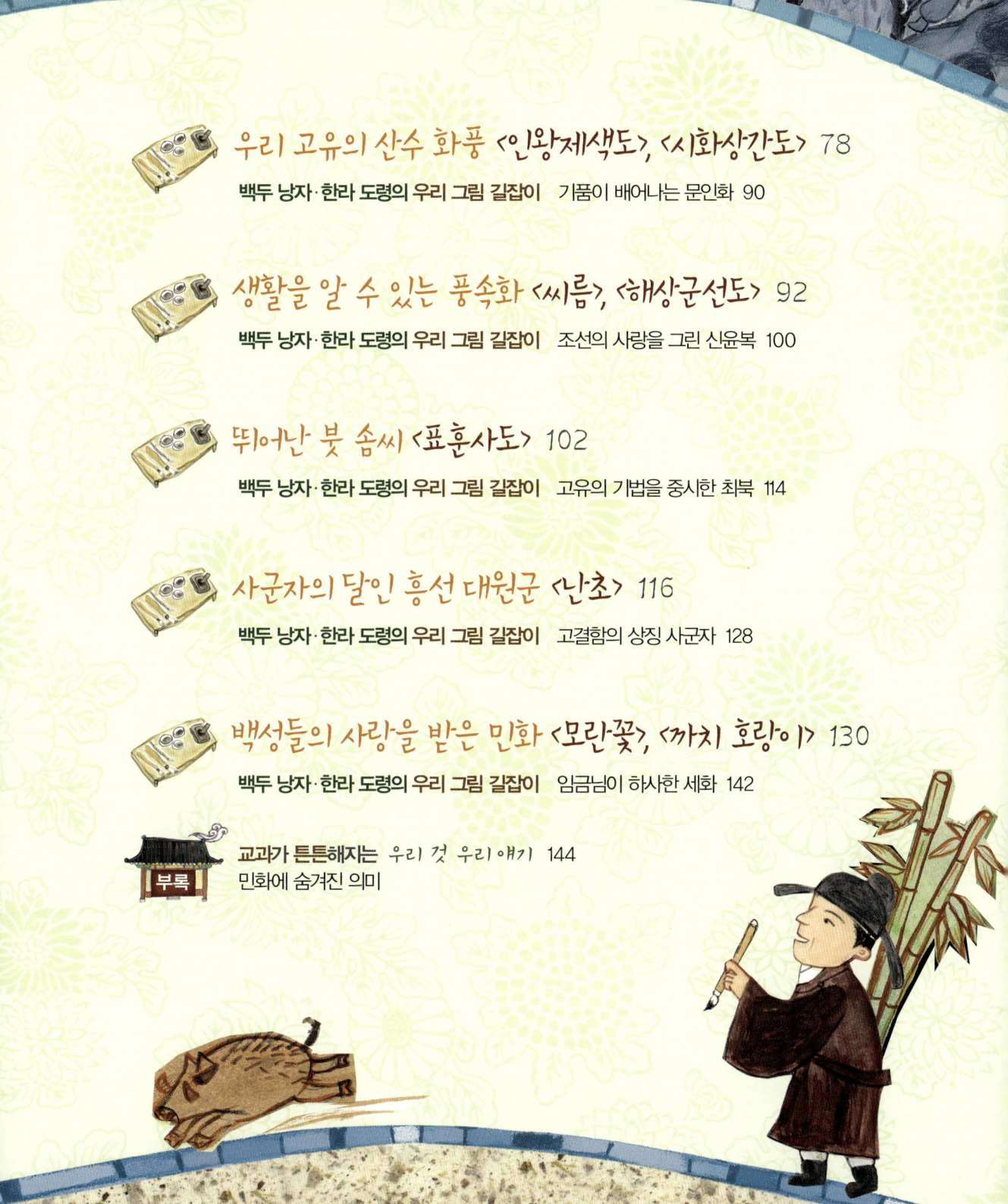

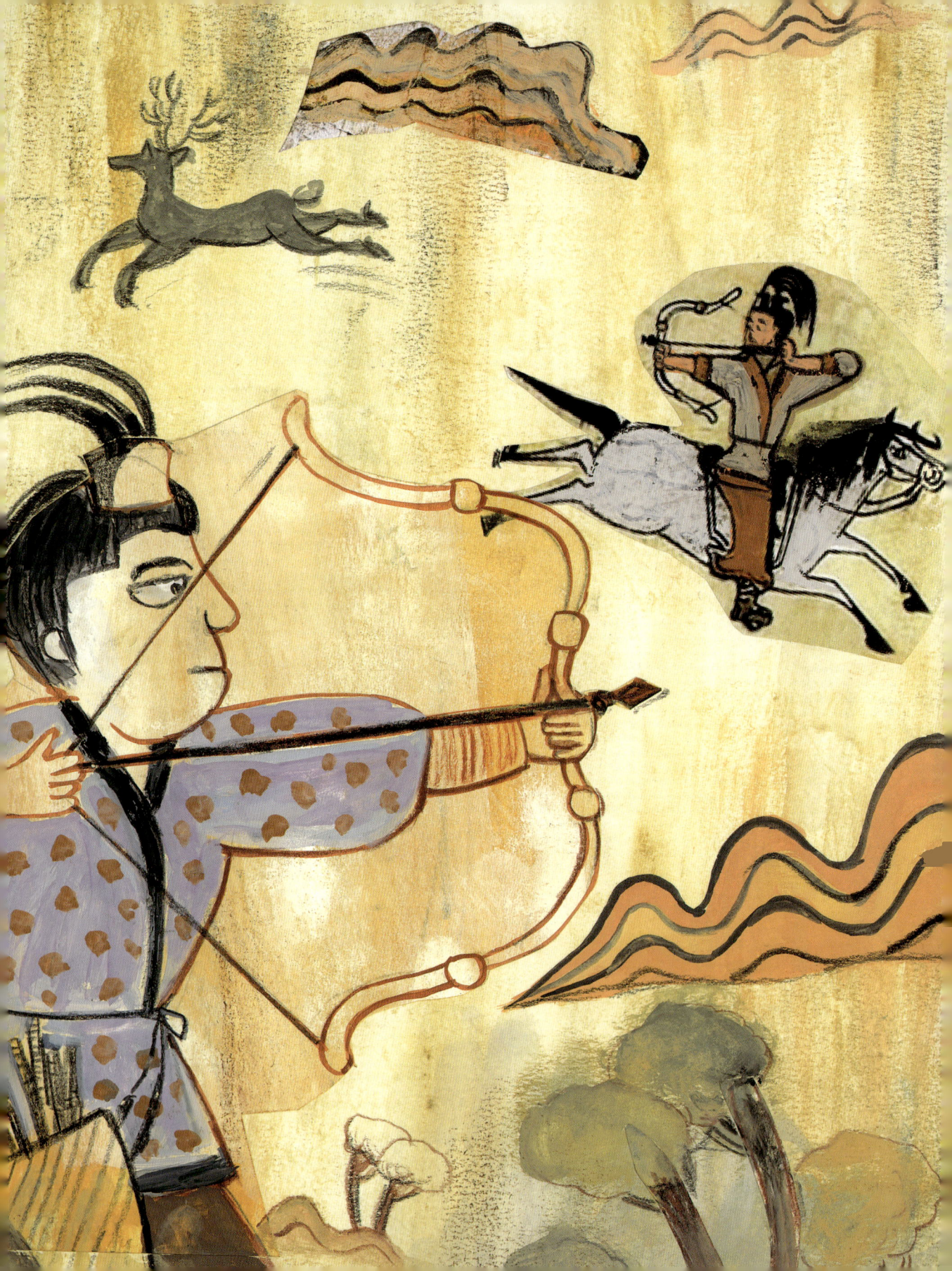

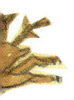

고구려 사람의 기상
〈수렵도〉

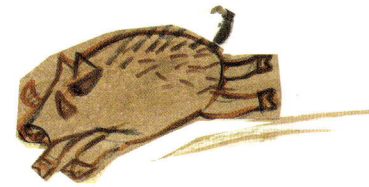

"와와……."

한 무리의 젊은이들이 말을 타고 험한 산을 오르고 있었어요. 저마다 손에 활과 화살을 들고 있었어요.

그때 저만치 떨어진 수풀 속에서 무언가 부스럭대는 소리가 들렸어요. 한 젊은이가 눈짓을 하자 모두들 소리 나는 곳을 둥글게 에워쌌어요. 그리고 조금씩 포위망을 좁혀 갔지요.

그 순간, 거친 숨소리가 들리며 시커먼 그림자 하나가 불쑥 나타났어요. 그러더니 순식간에 반대편으로 도망치기 시작했어요.

"멧돼지다. 잡아라!"

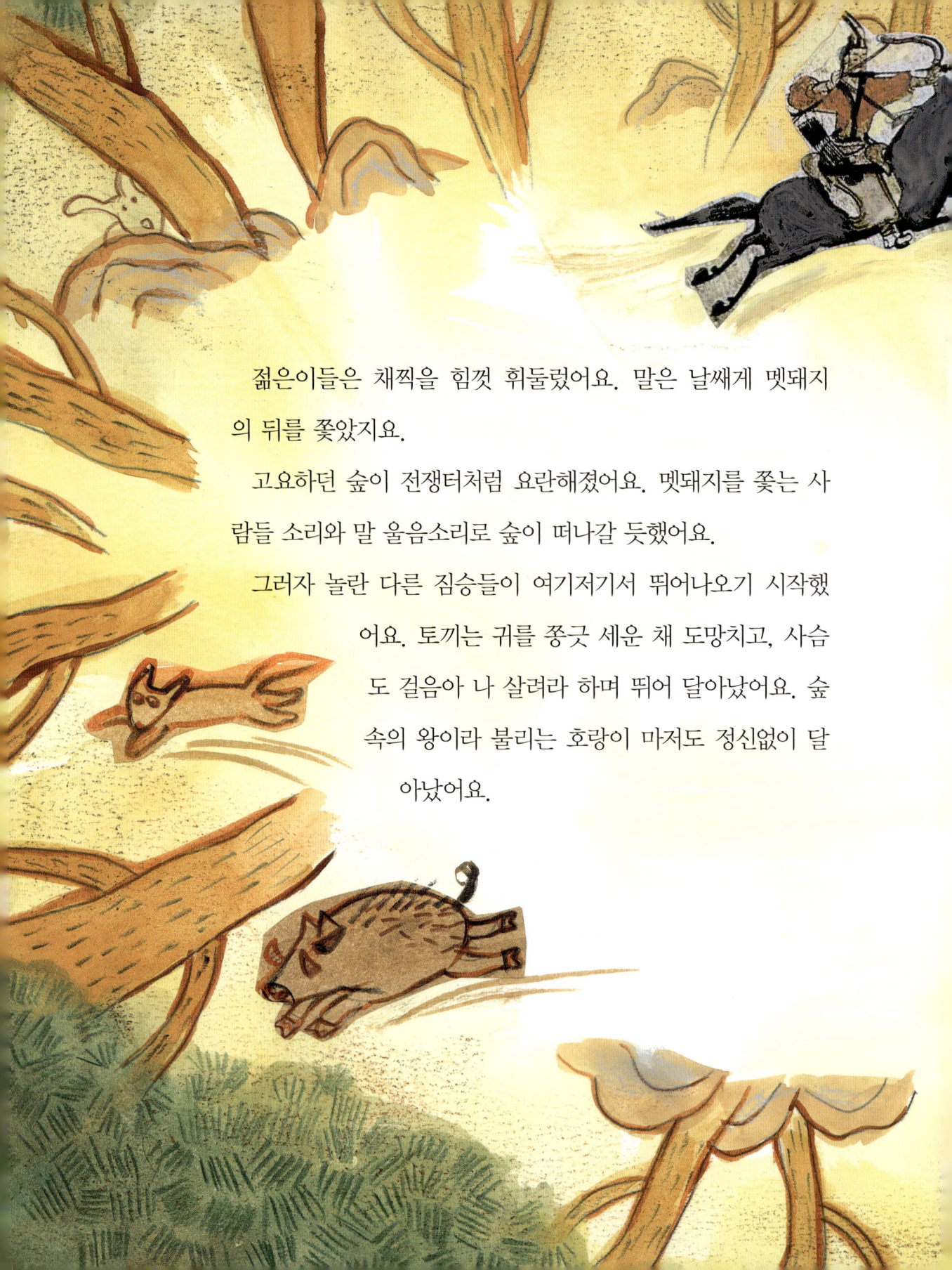

젊은이들은 채찍을 힘껏 휘둘렀어요. 말은 날쌔게 멧돼지
의 뒤를 쫓았지요.

고요하던 숲이 전쟁터처럼 요란해졌어요. 멧돼지를 쫓는 사
람들 소리와 말 울음소리로 숲이 떠나갈 듯했어요.

그러자 놀란 다른 짐승들이 여기저기서 뛰어나오기 시작했
어요. 토끼는 귀를 쫑긋 세운 채 도망치고, 사슴
도 걸음아 나 살려라 하며 뛰어 달아났어요. 숲
속의 왕이라 불리는 호랑이 마저도 정신없이 달
아났어요.

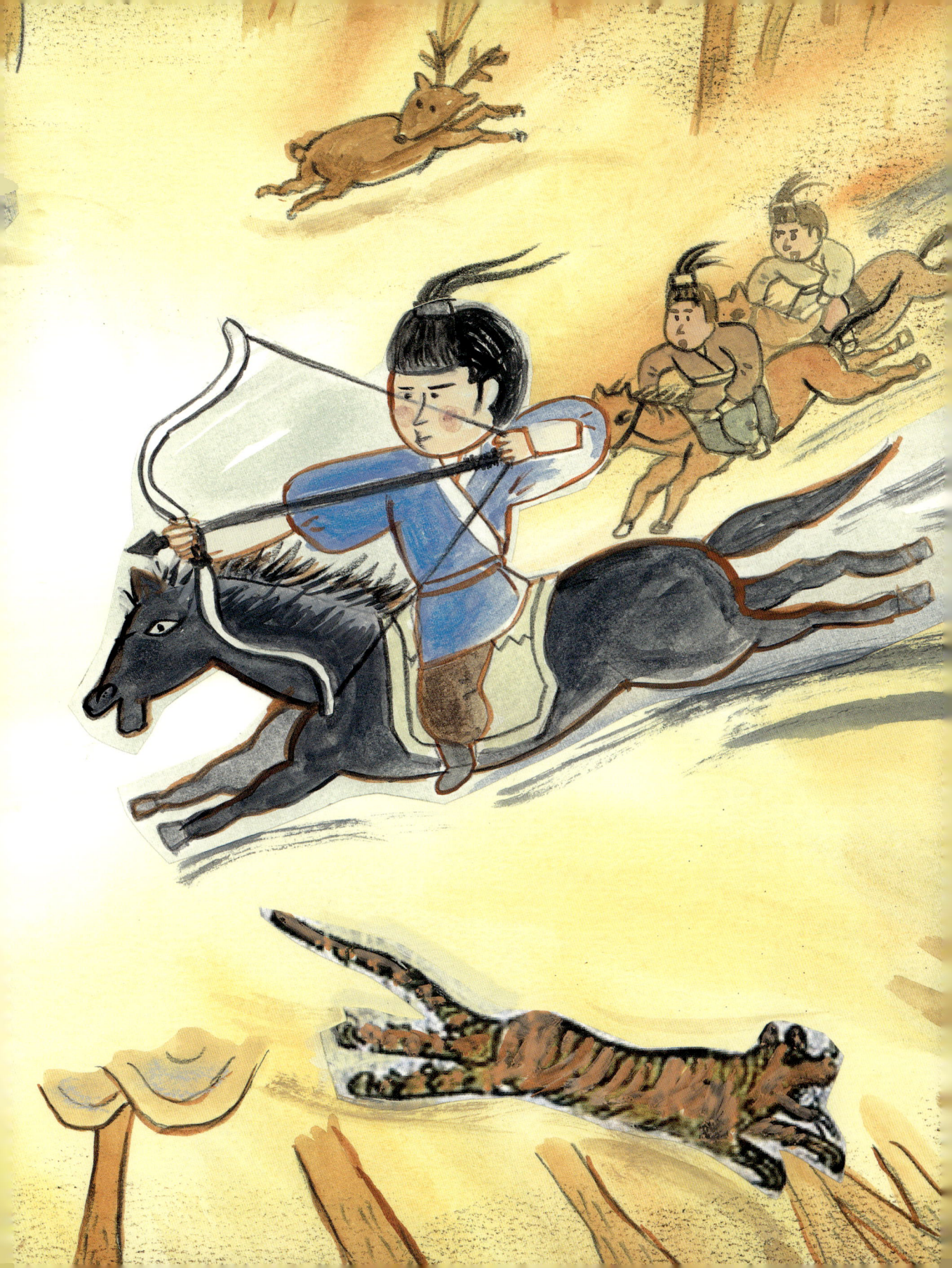

젊은이들은 각자 맡은 사냥감을 쉬지 않고 뒤쫓았어요. 사슴을 쫓는 젊은이도 있고, 멧돼지에게 화살을 겨누는 젊은이도 있었어요. 또 용맹스러운 젊은이는 호랑이를 뒤쫓았지요.

그때 누군가가 쏜 화살이 수풀을 가르며 힘차게 날아갔어요. 화살은 사냥감에게 정확히 날아갔어요. 화살을 맞은 사슴은 비틀거리며 커다란 나무 밑동 옆에 푹 쓰러졌어요.

"야, 드디어 잡았다!"

젊은이는 자기가 잡은 사슴을 들고 의기양양했어요. 그 젊은이는 자기의 실력을 뽐내며 사냥 솜씨를 자랑했어요. 그 순간, 또 다른 젊은이가 말 잔등에 송아지만한 멧돼지를 걸치고 나타났어요.

"우아, 저기 멧돼지를 잡아 왔다!"

사람들이 우르르 멧돼지를 구경하기 위해 몰려갔어요. 방금 전까지 실력을 뽐내던 젊은이는 무안한 표정으로 주춤주춤 다가갔어요. 멧돼지는 여전히 따뜻한 체온이 남아 있었어요.

"자네 사냥 실력은 정말 대단해. 이렇게 커다란 멧돼지를 혼자서 잡다니!"

사람들이 칭찬하자 젊은이는 쑥스러운 듯 머리를 긁적였어요.

"뭘 이 정도를 가지고 그러나. 조금 있으면 내 친구가 호랑이를 잡아 올지도 모르네. 지금 호랑이를 뒤쫓고 있거든."

멧돼지를 잡은 젊은이는 겸손하게 말했어요.

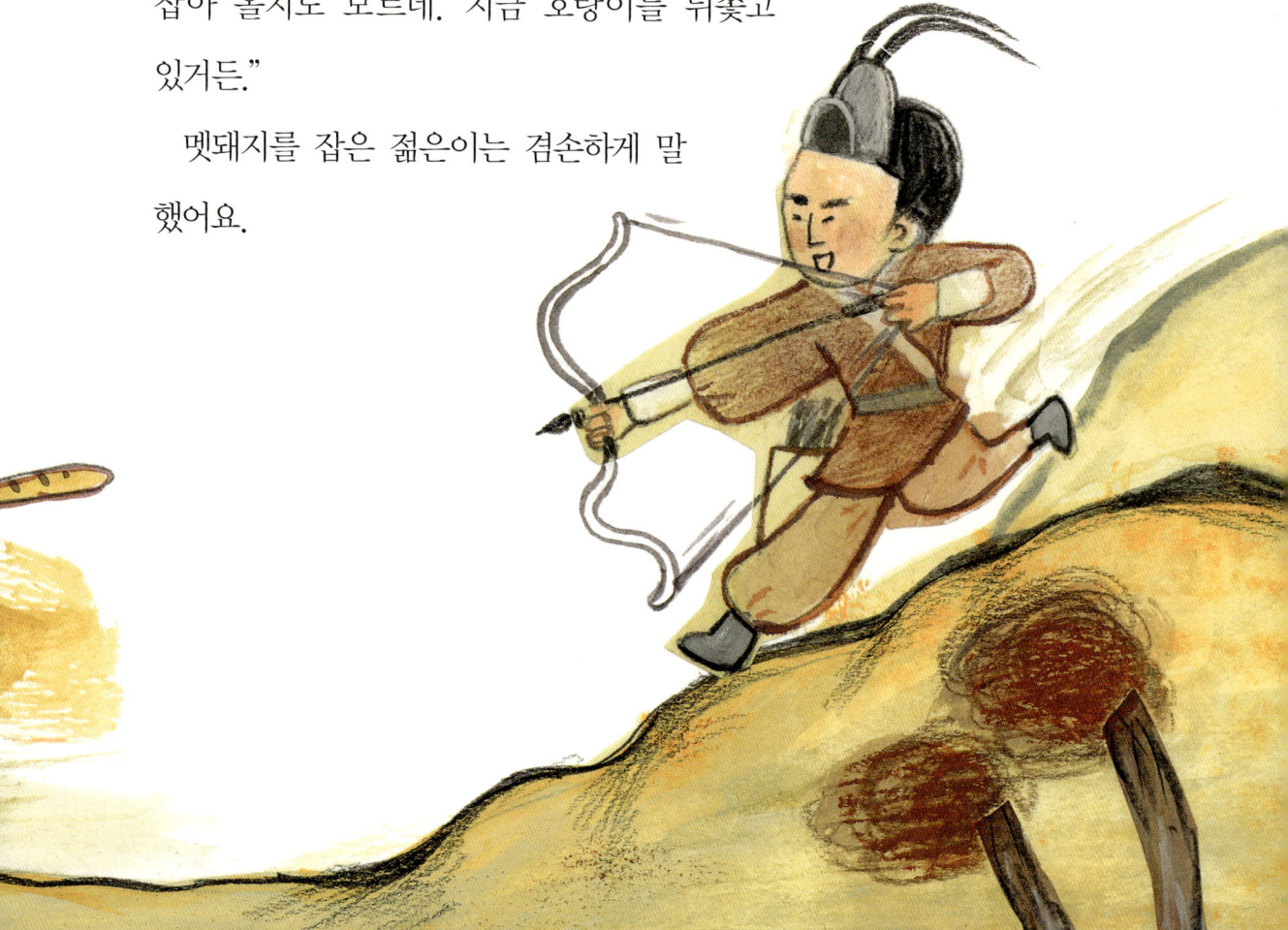

그런데 얼마 뒤, 호랑이를 뒤쫓던 젊은이가 지친 표정으로 다가왔어요. 사람들의 눈은 일제히 그 젊은이에게로 쏠렸어요.

"호랑이란 놈이 화살을 한 대 맞고도 그냥 도망치더군……."

"호랑이는 날쌘 놈이라 잡기가 쉽지 않을 거야. 그래도 무서운 호랑이를 혼자서 뒤쫓다니 자네의 용기가 정말 대단해."

젊은이들은 호랑이를 뒤쫓던 젊은이를 위로했어요. 그리고 사냥으로 잡은 짐승을 구워 배불리 먹으며 즐겁게 놀았지요.

옛날 중국 사람들은 우리를 '동이족'이라고 불렀어요. 우리 민족이 활을 잘 쏘기 때문이었어요. 특히 고구려 사람들은 씩씩하고 용맹하기 이를 데 없었어요. 그들은 말을 타고 활을 쏘는 것을 놀이처럼 즐겼다고 해요.

고구려 사람들은 이처럼 사냥을 즐겼어요. 고구려 왕이나 귀족, 장군들의 무덤 속에는 사냥을 좋아하던 그들의 모습을 그린 벽화가 많이 있어요. 그중에서도 가장 유명한 것이 무용총의 〈수렵도〉예요.

〈수렵도〉는 고구려 사람들의 생활을 묘사한 일종의 풍속도예요. 고구려 사람들이 활쏘기와 말타기를 즐긴 것은 그들의 시조인 동명성왕을 닮았기 때문이 아닐까 싶어요.

동명성왕의 이름은 주몽이에요. '주몽'은 활을 잘 쏘는 사람에게 붙이는 이름이었지요. 주몽은 활 쏘는 솜씨가 뛰어나 날아가는 새도 떨어뜨릴 정도였어요.

부여의 금와왕은 주몽의 이러한 재주를 시기하여 말 먹이는 천한 일을 시켰어요. 하루는 주몽이 말에게 먹이를 주는데, 어머니인 유화 부인이 찾아와 일렀어요.

"제일 날쌔고 좋은 말의 잇몸에 바늘을 꽂아 두거라! 그 뒤로 말이 마르거든 왕에게 그 말을 달라고 하거라."

주몽은 어머니의 말대로 제일 좋은 말의 잇몸에 바늘을 꽂았어요. 말은 먹이를 먹지 못해서 비쩍 말라 볼품이 없어졌어요. 금와왕은 주몽이 마구간 일을 열심히 한다는 소식을 들었어요. 그래서 마구간에 가서 주몽을 칭찬했어요.

"임금님, 소원이 하나 있습니다."

주몽의 말에 금와왕은 소원을 말하라고 했어요.

"저에게 저 말을 상으로 주세요."

금와왕은 볼품없는 말을 상으로 달라는 주몽을 이해할 수 없었지만 흔쾌히 허락했어요.

"저 말을 주몽에게 주도록 해라."

금와왕의 명령에 신하는 볼품없는 말을 주몽에게 주었어요. 주몽

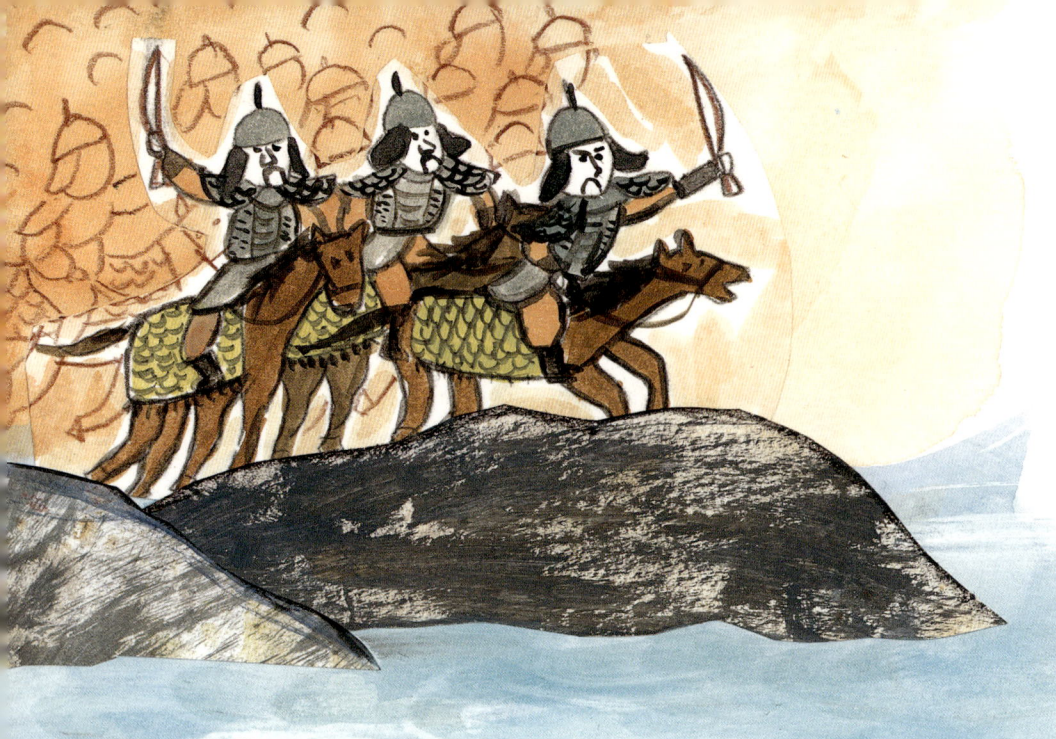

은 기뻐하며 금와왕이 돌아가자마자 말의 잇몸에
꽂아 둔 바늘을 뺏어요. 시간이 지나자 말은 살이 찌면서
다시 훌륭한 말이 되었어요.

　유화 부인은 주몽에게 다시 일렀어요.

　"주몽아, 금와왕의 일곱 아들은 재능이 모두 너만 못하다. 그래서
틈만 있으면 너를 해치려고 하니 멀리 도망쳐 네 뜻을 펼치거라!"

　주몽은 자기가 기른 말을 타고 부여를 도망쳤어요. 주몽이 어느
강가에 이르렀는데, 금와왕의 군사들이 뒤쫓아 왔어요. 다급해진
주몽은 채찍을 들어 하늘을 가리키며 말했어요.

"내가 큰 뜻을 품고 가는 길에 강물이 나를 막으니, 하늘이여 나를 도와주시라!"

주몽의 말이 끝나자마자 강물 속에서 자라와 물고기들이 나와 다리를 놓아 주기 시작했어요. 주몽은 그 다리를 딛고 무사히 강을 건널 수 있었어요.

마침내 주몽은 졸본이라는 곳에 도착해 나라를 세웠어요. 이 나라가 바로 고구려지요. 고구려는 중국의 수나라, 당나라에 맞서는 강건한 나라로 성장했어요. 그 바탕에는 수렵을 통해 말타기와 활쏘기를 익힌 고구려 사람들의 강인함이 있어요.

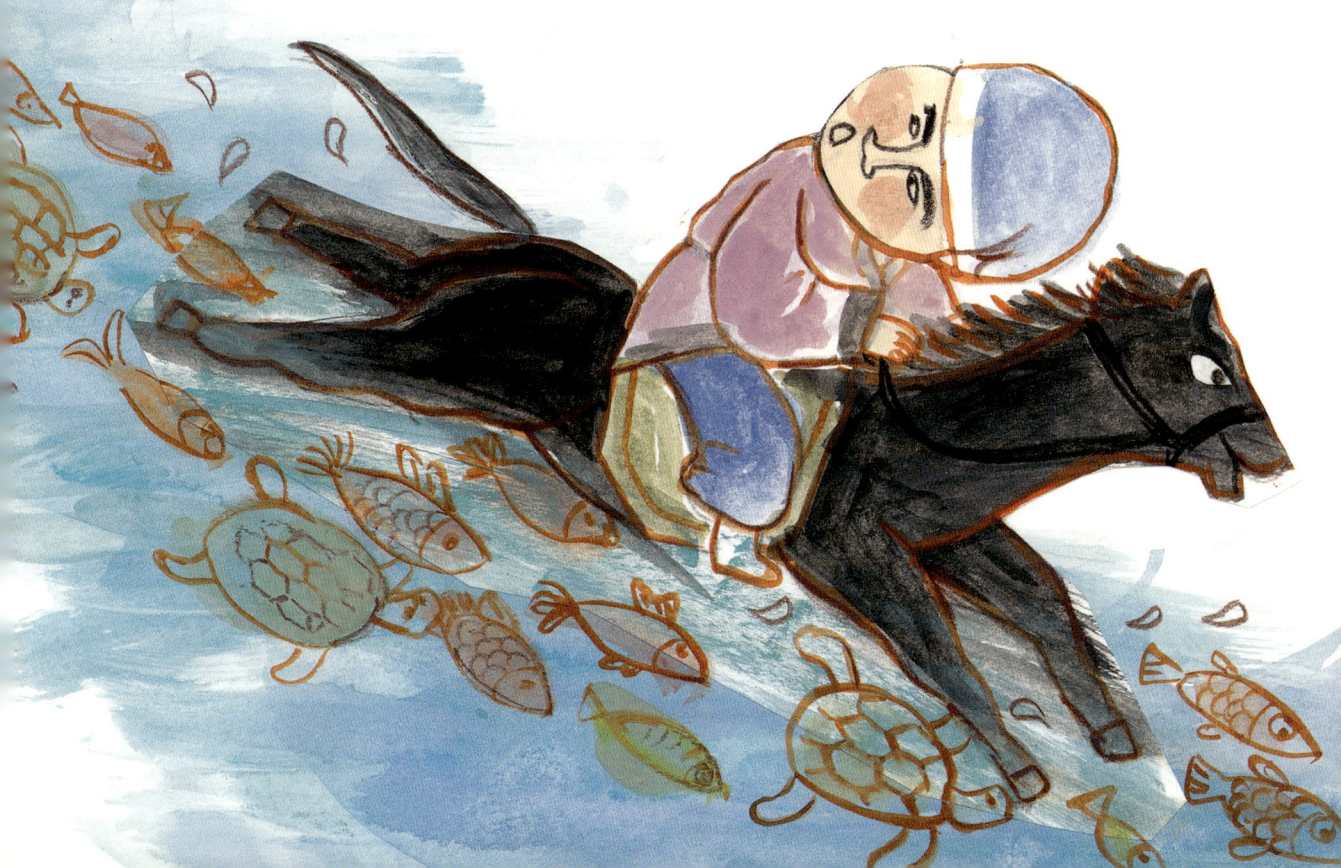

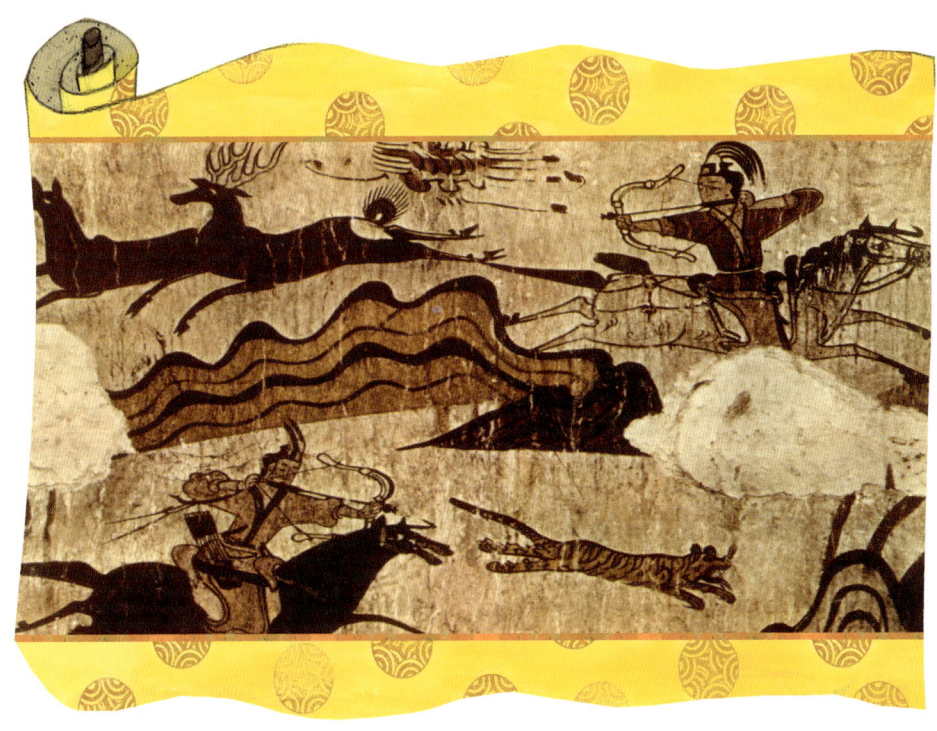

그럼 지금부터 무용총의 〈수렵도〉를 감상해 볼까요?

그림에서 가장 눈에 띄는 것은 두 사람의 젊은 무사예요. 위에 있는 사람은 뒤쪽으로 도망치는 사슴을 향해 뒤로 화살을 겨누고 있어요. 아래에 있는 사람은 활시위를 당긴 채 호랑이를 뒤쫓고 있고요. 금방이라도 화살이 날아가 사냥감을 맞힐 듯 생동감이 있지요?

이 그림은 전체적인 구도가 아주 뛰어나요. 사슴 두 마리는 왼쪽으로 도망치는 모습이고, 호랑이는 그와 반대로 오른쪽으로 도망치는 모습이에요. 그리고 화면 위의 젊은 무사는 몸을 뒤로 돌려서 활을 겨누고 있으며, 아래쪽의 젊은이는 그와 달리 말이 달려가는 쪽을 향해 앞을 보고 활시위를 당기고 있어요.

〈수렵도〉는 사람과 동물의 움직임에 변화를 주어 그림이 꿈틀대듯 역동적이지요. 심지어 가운데 자리 잡은 산조차도 구불구불 자유로운 곡선으로 그려 놓아 더욱 생동감을 주지요.

그림에서 눈여겨볼 것은 움직이는 모양만이 아니에요. 색도 유심히 살펴보세요.

화면 위의 젊은 무사는 어두운 색의 저고리를 입고 백마를 타고 있는데, 화면 아래의 무사는 밝은 색의 저고리에 검은색에 가까운 말을 타고 있어요. 옷깃의 색을 살펴 보면 어두운 색 저고리에는 밝은 옷깃을, 밝은 색 저고리에는 어두운 옷깃을 그렸답니다.

무용총의 〈수렵도〉는 오래 전 고구려 사람들의 풍속을 담은 그림이지만, 하나의 미술 작품으로도 매우 훌륭한 작품이랍니다.

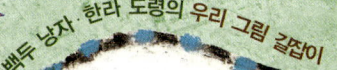

무덤을 지키는 '사신도'

'동 청룡, 서 백호, 남 주작, 북 현무.'

이 말은 도대체 무엇일까요? 우리 조상들은 동서남북, 각 방위를 지키는 신이 있다고 믿었어요. 동쪽은 청룡이 지키고, 서쪽은 백호, 남쪽은 주작, 북쪽은 현무가 지킨다고 생각했지요. 그래서 벽화가 그려진 무덤에는 방위에 따라 수호신을 그려 놓았어요. 이것을 '사신도'라고 불러요. 사신도는 고구려 고분 벽화에서 볼 수 있어요. 그 중에서 북한에 있는 강서대묘의 사신도가 가장 멋진 작품으로 손꼽히고 있어요.

동쪽을 지키는 청룡은 사람들이 길하게 여기는 상상의 동물이에요. 청룡의 생김새는 여러 동물을 합쳐 놓은 것과 같아요. 몸통은 뱀, 발톱은 독수리, 호랑이의 눈, 돼지의 코 등 수많은 동물의 모자이크라고 할 수 있어요.

이처럼 여러 동물의 장점을 두루 갖춘 모습이기 때문에 신비롭게 여겨 받들었어요.

서쪽의 수호신인 백호

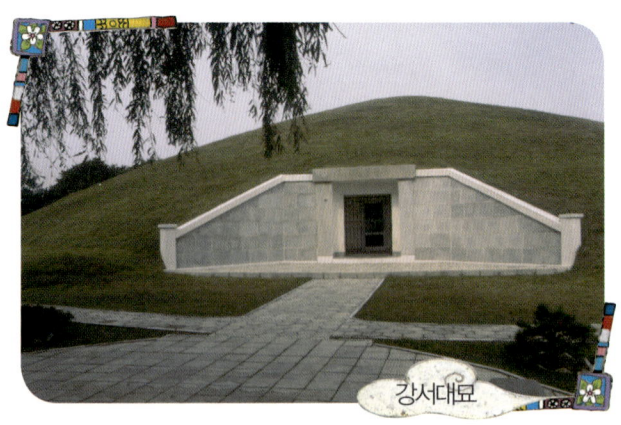

강서대묘

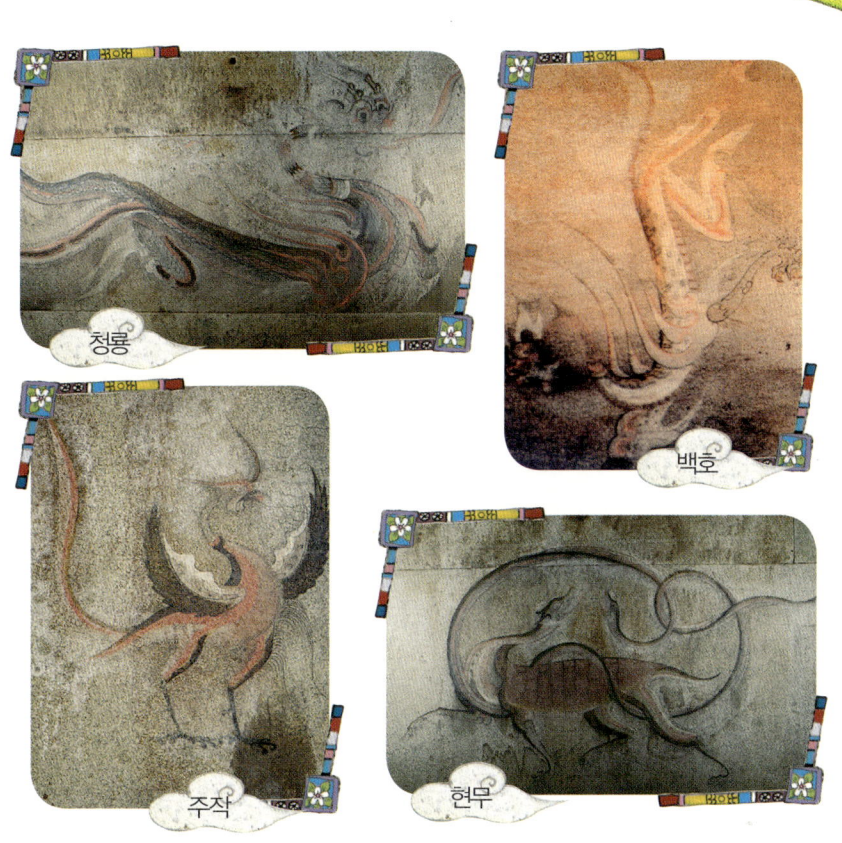

청룡

백호

주작

현무

는 흰 호랑이예요. 호랑이는 용맹함을 상징하는데, 흰색 이기 때문에 신비롭게 추

앙을 받는 거지요.

　남쪽을 지키는 주작은 붉은빛이 나는 봉황이에요. 봉황 역시 용처럼 상상의 동

물로 길조로 여겼지요. 태평스러운 시대에 봉황이 나타난다는 전설도 있어요.

　북쪽은 검은 거북인 현무가 지키고 있어요. 거북은 오래 사는 동물로 옛사람들

의 숭배의 대상이었지요. 거북의 등 껍데기를 사용하여 점을 칠 정도로 길하게 여

겼답니다.

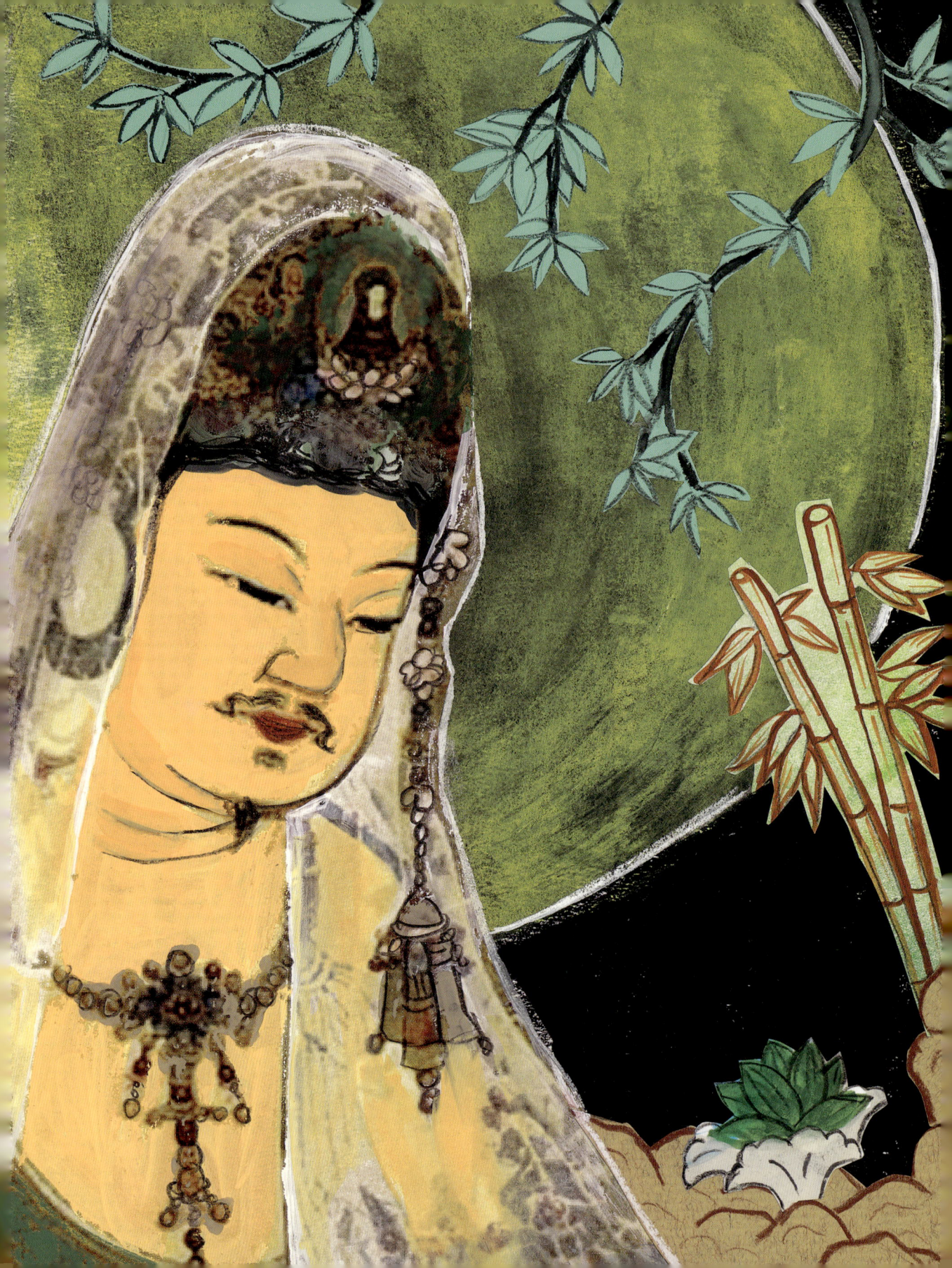

고려 미술의 걸작
〈수월관음도〉

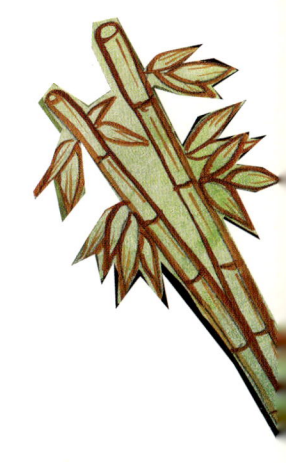

"뭐라고? 의상 대사가 당에서 돌아왔다고?"

"그렇다네. 이제 또다시 신라의 불교가 융성할 거야."

의상 대사는 신라의 이름난 승려였어요. 당나라에서 화엄학을 공부한 뒤 신라로 돌아온 의상에게 거는 사람들의 기대는 무척 컸어요.

그러던 어느 날, 한 사람이 의상을 찾아왔어요.

"대사님, 동해 바닷가에 있는 굴 속에 관음보살이 계신다는 소문이 있는데, 사실인가요?"

"글쎄요. 만약 그게 사실이라면 그곳은 바로 낙산이겠군요."

전설에 따르면 관음보살은 인도의 보타낙가산에 머물러 있다고 해요. 중국은 절강성 동쪽 바다 보타산에, 우리나라는 동해의 낙산사에 관음보살이 머문다는 전설이 있어요. 의상은 한참을 생각하더니 말했어요.

"관음보살께서 우리나라에 계시다면 이러고 있을 때가 아니오. 지금 당장 낙산에 가야겠소!"

의상은 곧바로 동해로 길을 떠났어요. 며칠을 쉬지 않고 걸어간 끝에 마침내 관음보살이 있는 굴 앞에 도착했어요.

의상은 그 앞에서 공손히 합장한 채 머리를 숙였어요. 마음 같아서는 당장 굴로 들어가고 싶었지만 함부로 그럴 수는 없었지요.

'관음보살을 뵙기 전에 몸과 마음을 깨끗이 해야겠어.'

의상은 날마다 목욕재계를 하며 몸가짐을 가다듬었어요. 그러고는 관음보살 만날 날만을 손꼽아 기다렸어요.

그렇게 7일이 흘렀어요. 갑자기 마른하늘에 천둥소리가 나더니 사천왕이 나타났어요. '사천왕'은 불법을 지키는 용맹한 신을 말하는데 불교를 믿는 사람을 보호하는 역할을 해요.

"그대의 정성에 감동했소. 나를 따라오시오. 내가 관음보살께 인도해 드리겠소!"

의상은 그 말에 몹시 기뻐하며 앞서가는 사천왕을 따라 굴 안으로 들어갔어요. 한참을 걷자 이윽고 굴의 끝에 이르렀어요. 하지만 의상이 아무리 주위를 둘러보아도 관음보살의 모습은 어디에도 없었어요. 의상의 실망은 이만저만이 아니었어요.

"아, 내 정성이 부족해 관음보살이 모습을 드러내지 않는구나!"

의상은 반성하며 그 자리에 엎드려 참배를 올리기 시작했어요.

그러자 갑자기 공중에서 수정으로 된 염주 하나가 툭 떨어졌어요. 의상은 아무도 없는 곳에서 수정 염주가 떨어지자 당황했어요. 그러고는 수정 염주를 하염없이 바라보며 생각했어요. 그러다가 무릎을 탁 치며 깨달았어요.

"아, 이것은 관음보살께서 내게 내리는 귀한 보물이구나!"

의상은 염주를 손에 쥐고 기뻐 어쩔 줄 몰라 했어요. 감격에 겨워 한참을 멍하니 서 있다 밖으로 나왔어요.

그러자 이번에는 잔잔한 바다에 집채만 한 파도가 일기 시작했어요. 파도는 의상을 집어삼킬 것 같았어요.

"앗, 이게 무슨 일이지?"

의상은 깜짝 놀라 눈이 휘둥그레졌어요.

그때 갑자기 안개가 자욱히 끼며 동해의 용왕이 파도 위에 모습을 드러냈어요.

"의상 대사, 놀라지 마시오. 난 동해의 용왕이오. 대사의 불법이 높다는 얘기를 듣고 선물을 주려고 왔소. 내 성의니 받아 주길 바라오."

그러면서 용왕은 영롱한 빛의 여의주를 의상에게 내밀었어요.

"정말 감사합니다. 앞으로 이 여의주를 소중히 간직하겠습니다."

의상은 거듭 용왕에게 감사 인사를 했어요. 한참이 지나고 의상이 정신을 차려보니 주변에는 고요한 바다만 있었어요.

수정 염주와 여의주를 얻은 의상은 매우 흡족했어요. 하지만 시간이 지날수록 아쉬움이 커졌지요.

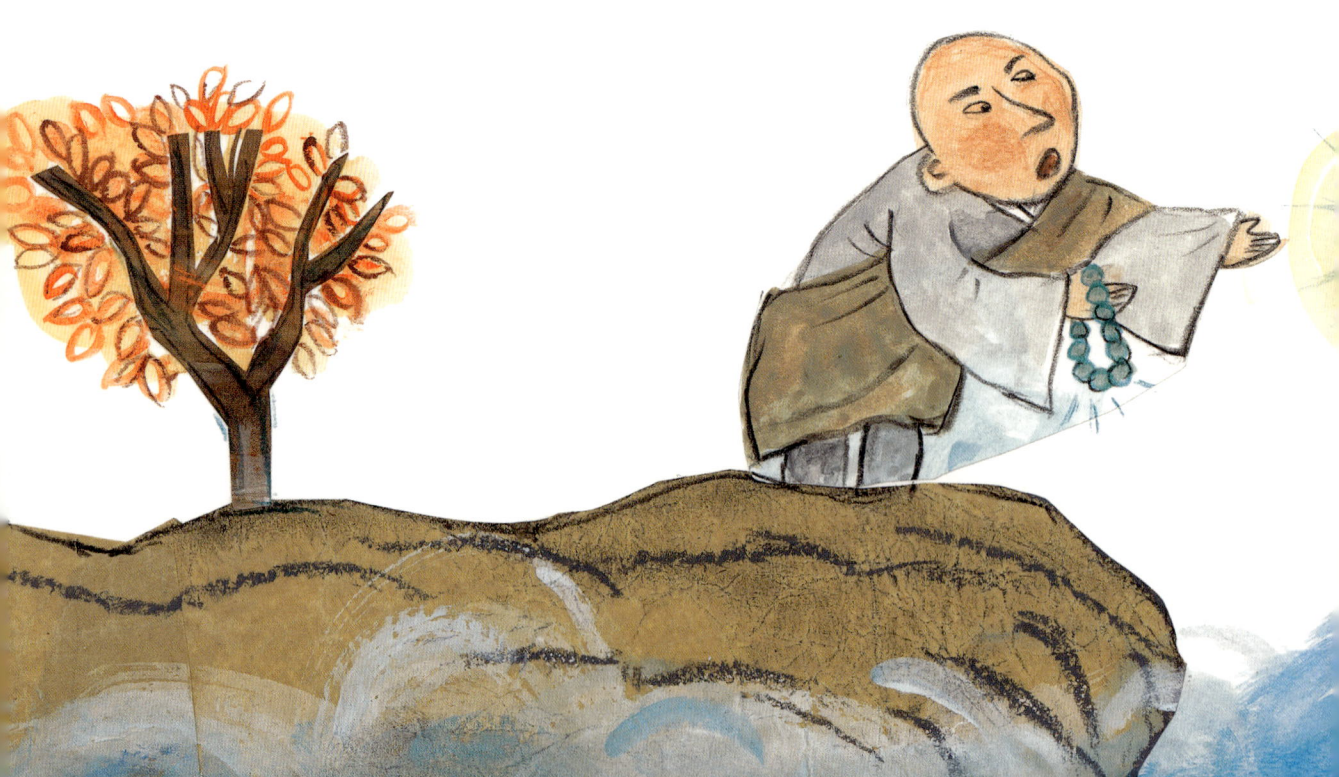

"선물을 받은 것은 좋다만 관음보살의 참모습을 뵙지 못했으니 안타깝기 그지없구나!"

의상은 수정 염주와 여의주를 바위 위에 조심스럽게 두었어요. 그런 뒤에 다시 7일 동안 목욕재계를 하고 굴 안으로 들어갔어요. 의상은 이마에 땀이 송골송골 맺히도록 정성을 다해 절을 올렸지요.

시간이 얼마나 흘렀을까요? 드디어 관음보살이 모습을 드러냈어요. 의상은 관음보살의 금빛 찬란한 모습에 넋이 빠졌어요.

"바로 이곳의 산꼭대기에서 대나무 한 쌍이 솟아날 것이다. 그곳에 법당을 짓도록 하여라."

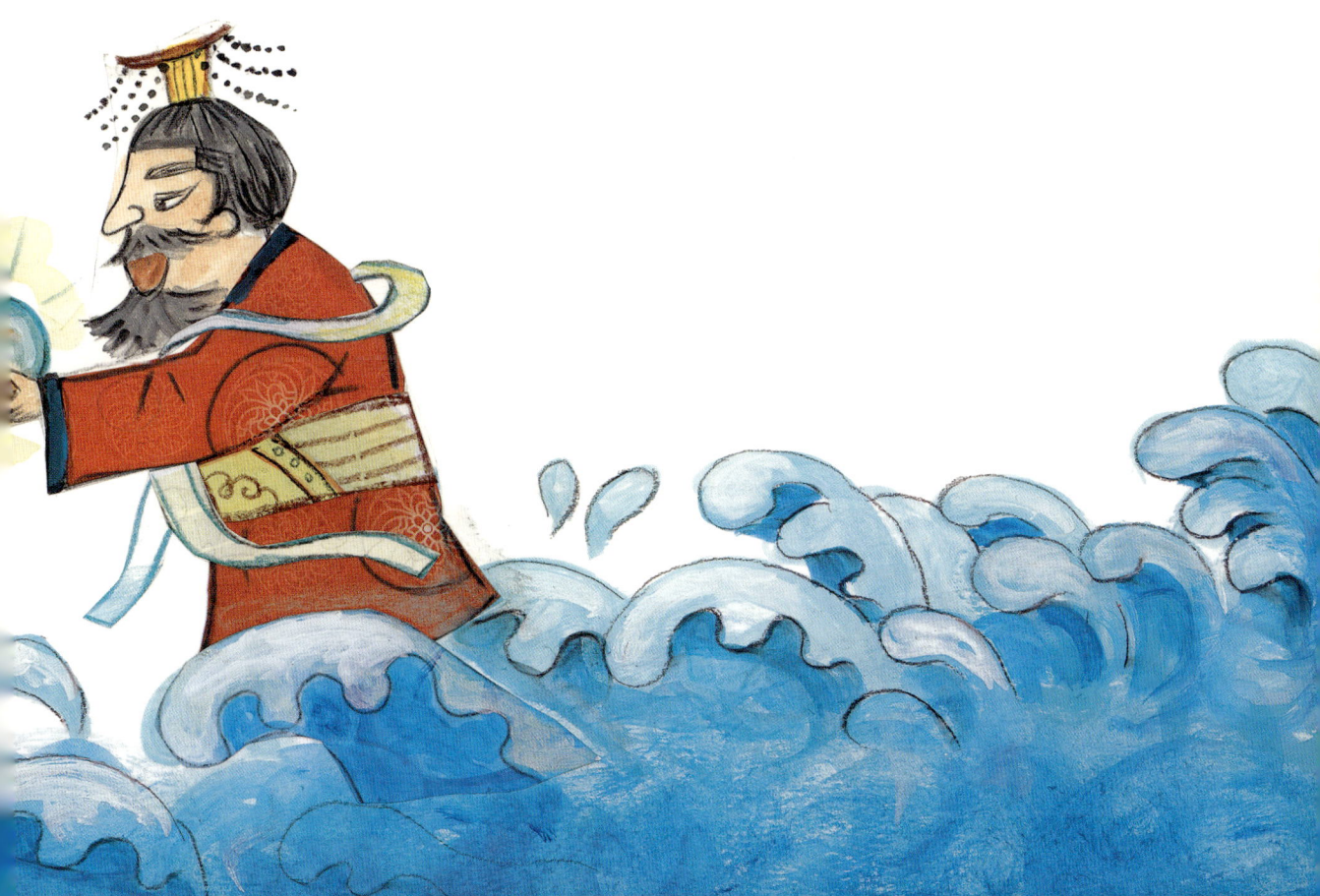

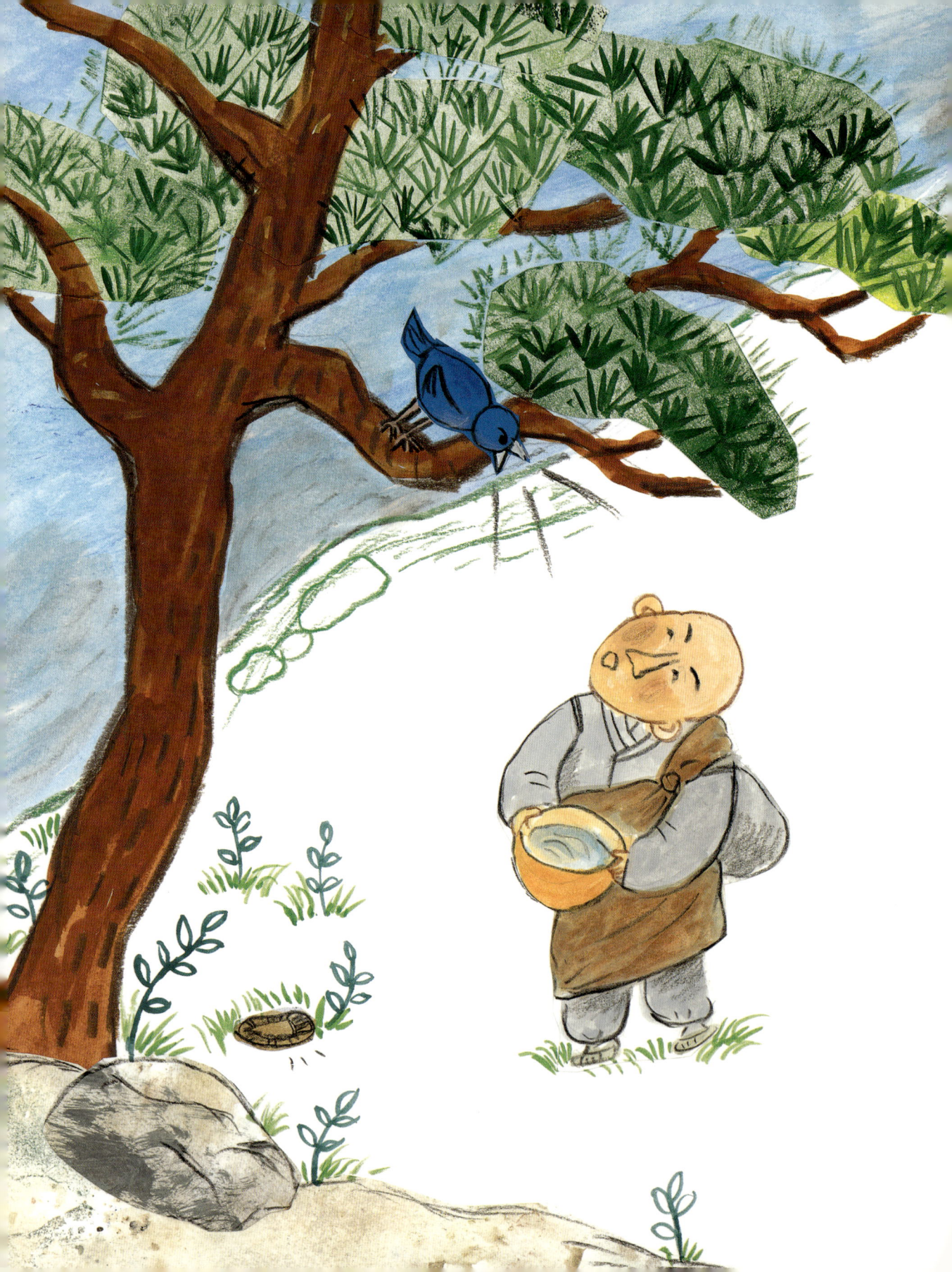

관음보살은 이 말을 남기고 온데간데없이 사라졌어요.

의상은 관음보살을 만난 게 꿈인지 생시인지 분간이 되지 않았어요. 한참을 멍하니 있다가 정신을 차리고 산꼭대기로 올라갔어요. 과연 그곳에는 대나무 한 쌍이 거짓말처럼 솟아 있었어요. 의상은 이곳에 불당을 짓고 자신이 만났던 관음보살의 모습을 기억해 관음보살상을 만들어 모셨어요. 그러자 대나무가 사라져 버렸어요.

의상은 바로 이곳이 관음보살이 머무는 곳임을 깨닫고, 절 이름을 '낙산사'라 지었어요. 그리고 수정 염주와 여의주를 낙산사 불당에 모셔 두고 길을 떠났어요.

시간이 흘러 원효가 낙산사를 찾게 되었어요. 그 역시 관음보살을 만나고 싶어서 이곳으로 왔어요.

얼마쯤 걸었을까? 다리 밑 시냇가에서 한 여인이 빨래를 하고 있었어요. 원효는 여인에게 다가가 마실 물 좀 떠 달라고 청했어요. 그러자 여인은 원효에게 빨래를 하고 난 더러운 물을 떠서 내밀었어요. 원효는 기겁을 하며 물을 쏟고는 직접 물을 떠서 마셨어요.

그때 옆에 있던 소나무 위로 파랑새 한 마리가 홀연히 날아와

앉더니, 원효를 향해 말했어요.

"스님, 그만 단념하고 돌아가세요."

말이 끝나자마자 파랑새는 푸르르 날아가 버렸어요. 원효는 신기해 파랑새가 날아간 곳을 한참 동안 바라보았어요. 그리고 다시 소나무를 보니 아래쪽에 짚신 한 짝이 놓여 있었어요. 원효는 고개를 갸웃하며 그곳을 떠나 낙산사로 향했어요.

원효는 낙산사에 도착하자마자 관음상 앞에 다가가 절을 올렸어요. 절을 마치고 고개를 든 순간 까무러치게 놀랐어요. 관음상의 한쪽 발아래에 짚신 한 짝이 놓여 있었어요. 시냇가 옆의 소나무 아래에 있던 짚신의 나머지 한 짝이었어요.

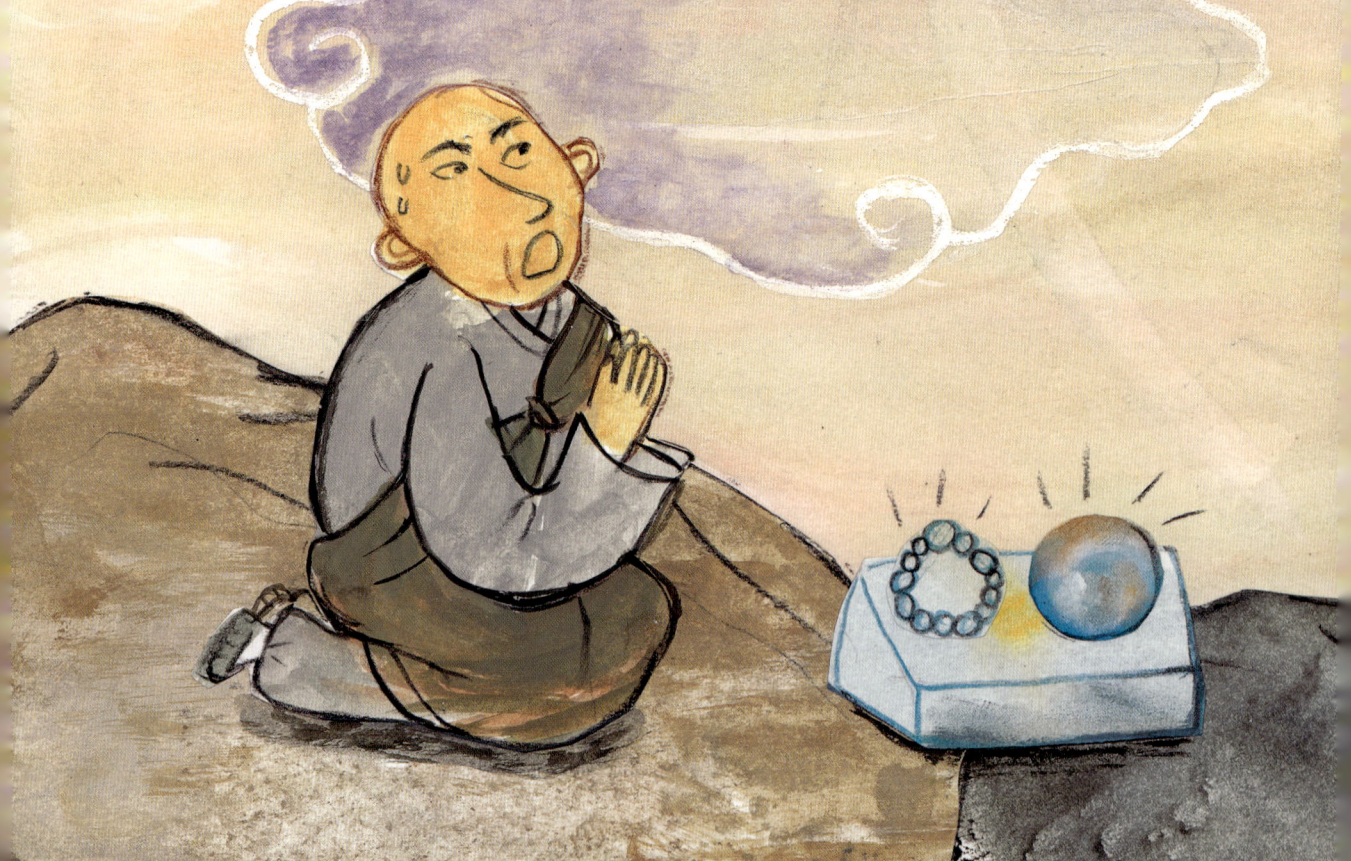

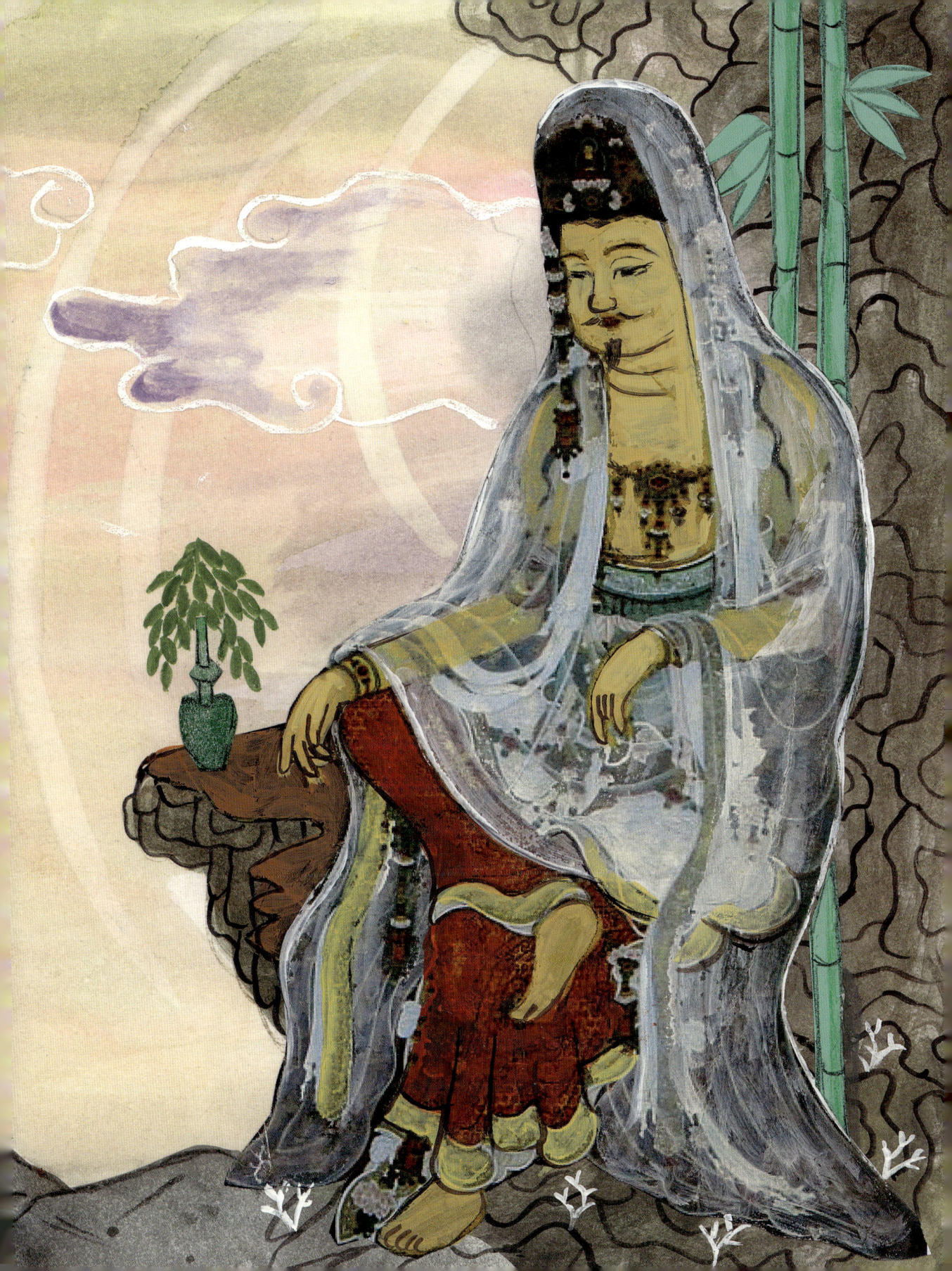

그제야 원효는 앞서 만난 여인이 관음보살이었다는 것을 깨달았어요. 이때부터 사람들은 그 소나무를 관음송이라 불렀어요. 원효는 관음보살이 있다는 굴에 들어가 그분의 참모습을 보려고 했어요. 그러나 갑작스레 풍랑이 일어 결국 그곳을 떠나야 했지요.

낙산사와 관음보살에 얽힌 이 이야기는 《삼국유사》에 쓰여 있어요. 고려 시대에 그려진 불화 〈수월관음도〉에도 의상의 이야기가 고스란히 담겨 있지요.

불교에서는 여러 보살과 부처를 신앙의 대상으로 삼아요. 그중에서도 관음보살은 자비로운 보살로 알려져 있지요. 이런 이유로 우리 조상들은 관음보살의 이름을 마음속에 간직하고 성심껏 염불을 외우면 세상의 고통에서 벗어날 수 있다고 믿었어요. 《법화경》에는 관음보살을 열심히 믿으면 큰 불도 이겨내고, 홍수에도 떠내려가지 않으며, 나쁜 귀신의 괴롭힘에서 벗어나 원하는 소원을 이룰 수 있다고 해요.

지금부터 〈수월관음도〉를 감상해 볼까요?

가장 먼저 눈에 띄는 것은 관음보살의 모습이에요. 화면의 대부분을 차지한 관음보살은 인자하고 자비로운 모습이에요. 관음보살의 표정이 마치 물에 비친 달빛처럼 고요하고 평온하게 느껴져요.

관음보살이 아래로 늘어뜨린 오른 손목에 수정 염주를 끼고 있는 것이 보이나요? 손가락 하나하나를 세심하게 표현해 관음보살이 마치 살아있는 것 같아요. 〈수월관음도〉는 어두운 배경에 선을 간결하고 섬세하게 그려 색채가 더욱 돋보이는 고려 미술의 걸작이랍니다.

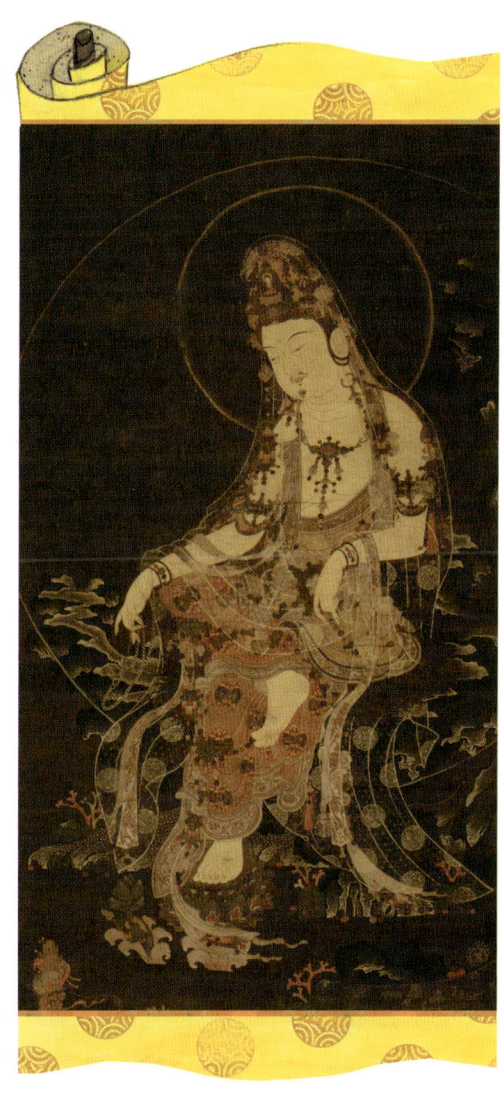

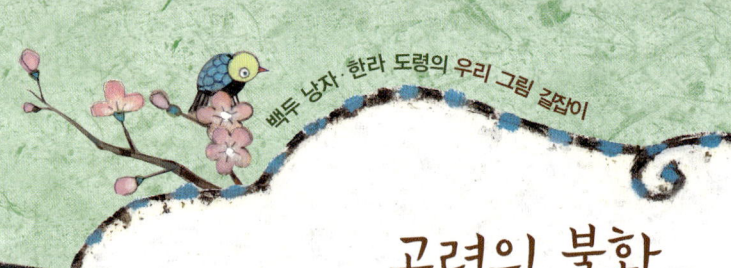

고려의 불화

고려는 왕실은 물론이고 백성들까지 불교를 믿어 부처님을 높이 받들었어요. 때문에 어느 시대보다 불교의 발전이 두드러졌어요.

고려 시대 그림 중에 무엇보다 우수한 것은 불화예요. 불화는 불교의 내용을 그린 그림을 말해요. 다른 시대에도 불화를 많이 그렸지만, 고려의 불화가 예술적으로 가장 뛰어나고 세련미가 돋보인다고 할 수 있어요. 지금까지 남아 있는 고려 불화는 120점 정도인데, 안타깝게도 대부분 일본에 있지요.

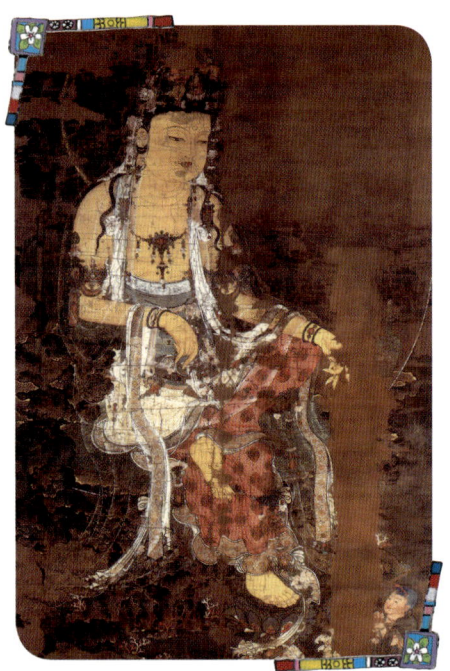

불화는 본래 절의 법당에 걸었던 그림이에요. 관음보살 외에도 아미타불이나 지장보살을 많이 그렸지요. 이 보

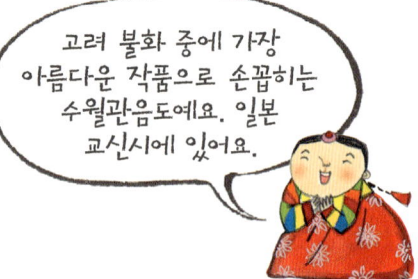

고려 불화 중에 가장 아름다운 작품으로 손꼽히는 수월관음도예요. 일본 교신시에 있어요.

살들은 불교를 믿는 사람들이 예불을 드리고 숭배하는 대상이었어요. 따라서 감상만을 위해 그린 그림과는 차이가 있어요. 이런 이유 때문에 불화를 예술적 가치가 있는 그림으로 평가하지 않는 사람도 더러 있어요.

그러나 요즘은 불화를 새로운 관점에서 보려는 학자도 많아요. 고려는 불교 국가였기 때문에 불화를 그릴 때 최고의 솜씨를 자랑하는 화가들을 나라에서 뽑아서 그리게 했어요. 또한 불화는 신성한 그림이기 때문에 이를 그린 화가도 자신의 예술적 능력을 최대한 발휘했을 것이고요. 따라서 불화는 예불의 대상임과 동시에 미술적 가치가 뛰어난 고려의 대표적 그림이라고 할 수 있답니다.

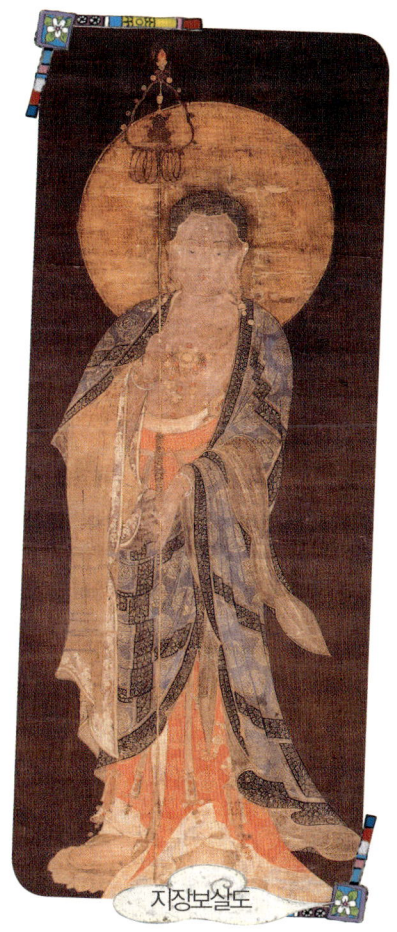

지장보살도

일본 선도사에서 소장하고 있는 고려 불화예요.

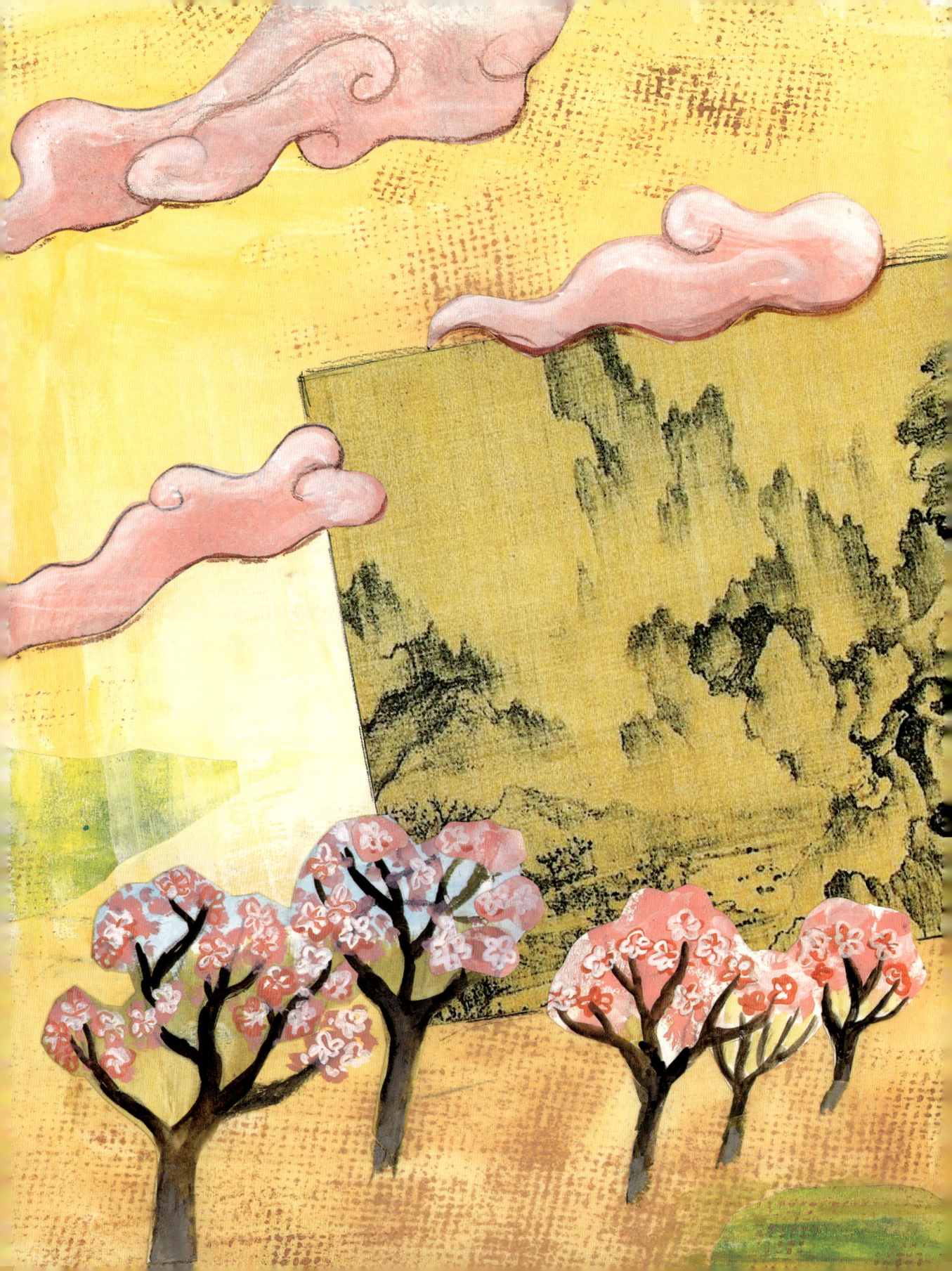

꿈속의 이야기
〈몽유도원도〉

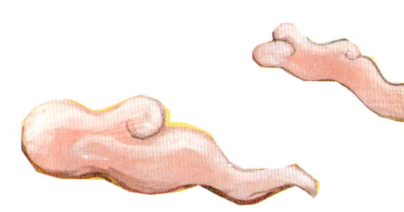

"아, 졸립다."

늦은 밤이었어요. 책을 읽던 안평대군은 눈을 비비며 잠자리에 누웠어요.

세종의 셋째 아들인 안평대군은 글과 그림에 남다른 재주가 있었어요. 평상시에도 책을 읽느라 잠자리에 늦게 들곤 했어요. 안평대군은 자리에 눕자마자 깊은 잠에 빠져들었어요.

그런데 이상한 일이 벌어졌어요. 어느 순간, 정신을 차려 보니 어느 산기슭에 자기가 서 있는 것이었어요. 평소 친하게 지내던 박팽년과 함께 서 있었어요. 박팽년은 집현전 학자로서 학식이 뛰어

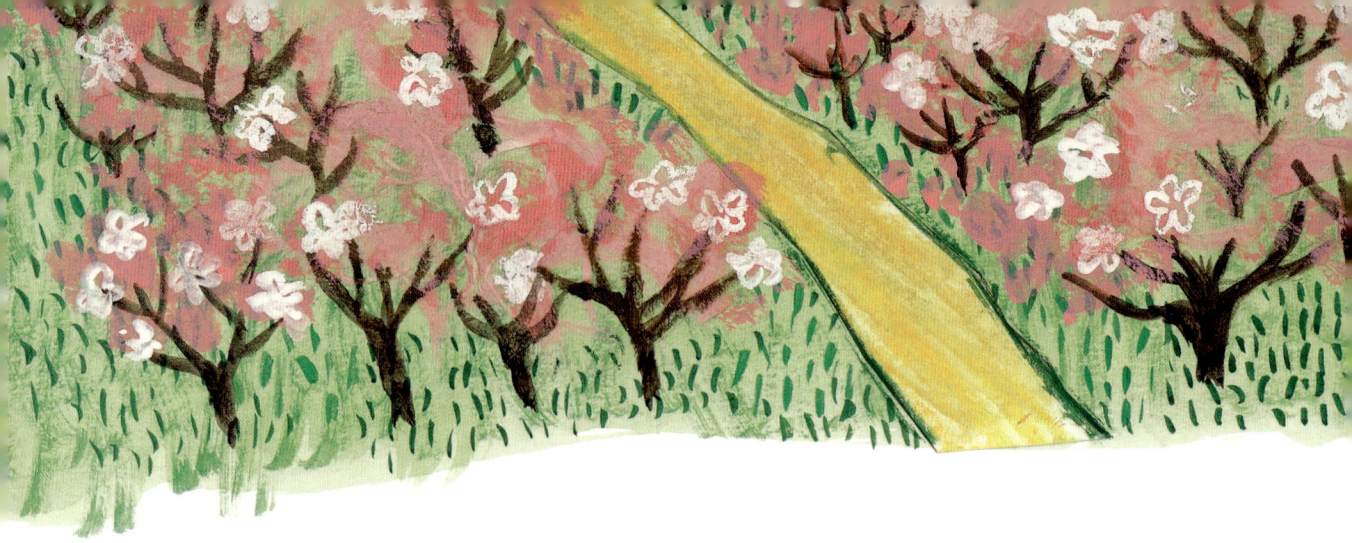

난 사람이었어요. 시간이 흘러 수양대군의 왕위 찬탈에 반대해 목숨을 잃은 사육신 중의 한 사람이에요. 그 정도로 바르고 정직한 사람이었지요.

두 사람은 호기심 어린 눈으로 주위를 둘러보았어요. 험준한 봉우리가 겹겹이 둘러진 가운데 그 주위에는 복사꽃 나무들이 장관을 이루고 있었어요. 나무 사이로 작은 오솔길이 두 개 있었고요.

"어느 길로 가는 것이 좋겠소?"

안평대군이 박팽년을 돌아보며 물었어요. 박팽년이 난처한 표정을 지으며 대답했어요.

"글쎄요, 저도 처음 오는 곳이라 어느 길로 가야 할지……"

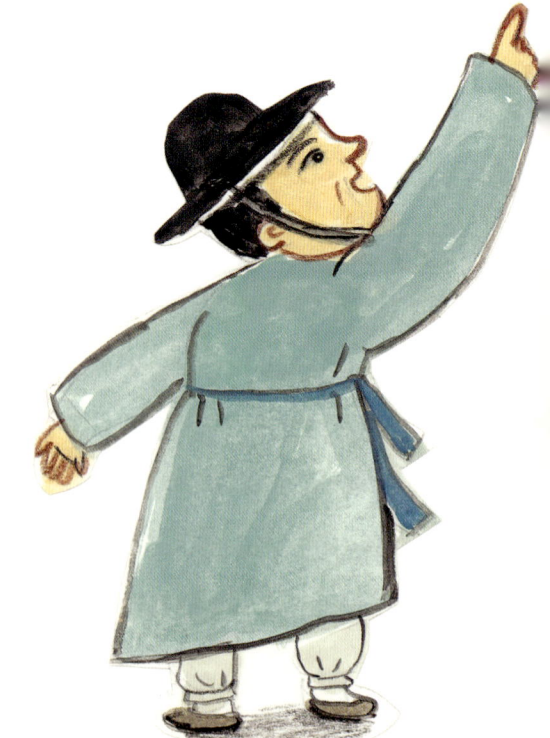

42

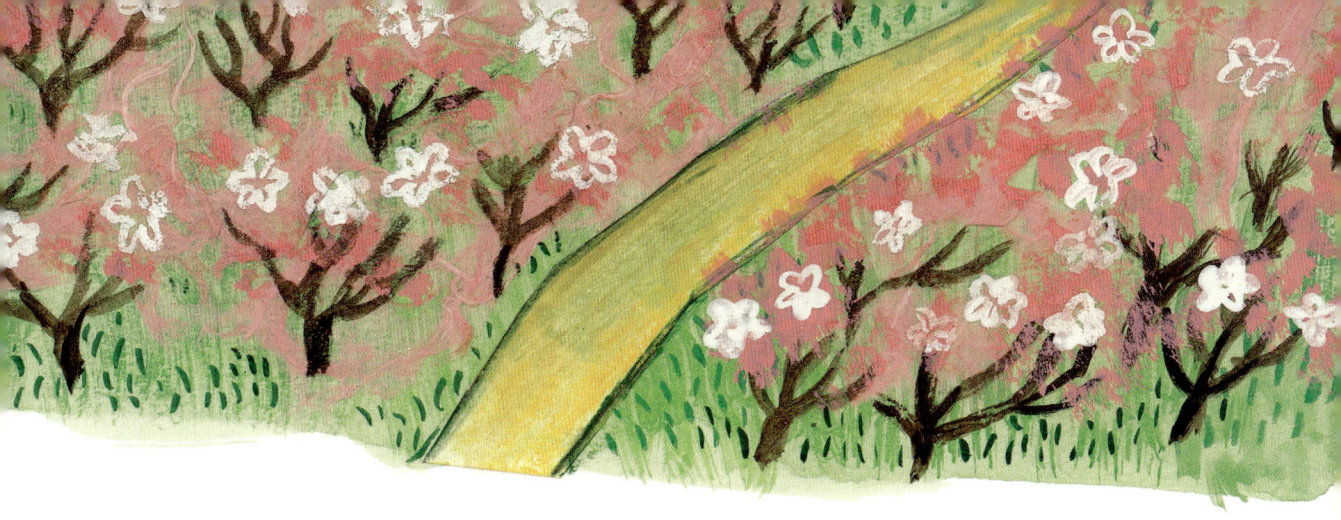

두 사람이 망설이며 서 있는데, 저쪽에서 허름한 차림의 농부가 다가왔어요. 두 사람은 그를 반갑게 맞으며 길을 물었어요. 그 농부는 한쪽 길을 가리켰어요.

"이 길을 따라가면 복사꽃이 핀 언덕이 나올 것입니다."

두 사람은 말에 올라타 그가 일러 준 길로 달렸어요.

한참을 달리니 울창한 숲이 나오고 바로 앞에는 깎아지른 듯한 절벽이 보였지요. 그 아래로 시냇물이 굽이쳐 흐르고 있었는데, 명주실을 풀어헤친 것처럼 구불구불했어요.

"저 아래로 내려가 봅시다!"

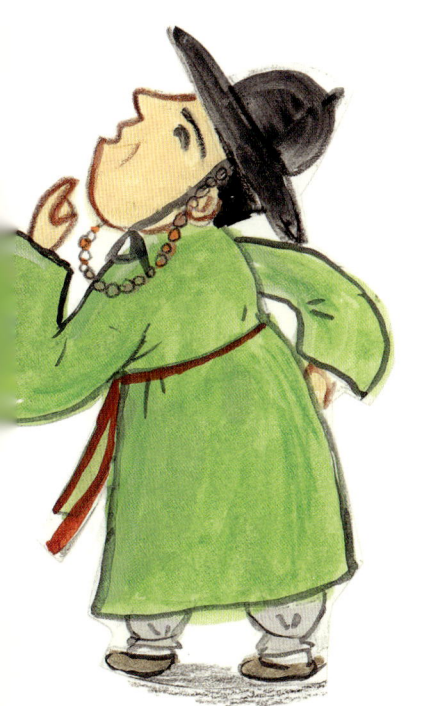

두 사람이 계곡 아래쪽으로 걸음을 옮겼어요. 아래로 가자 사방으로 험준한 산들이 늘어서

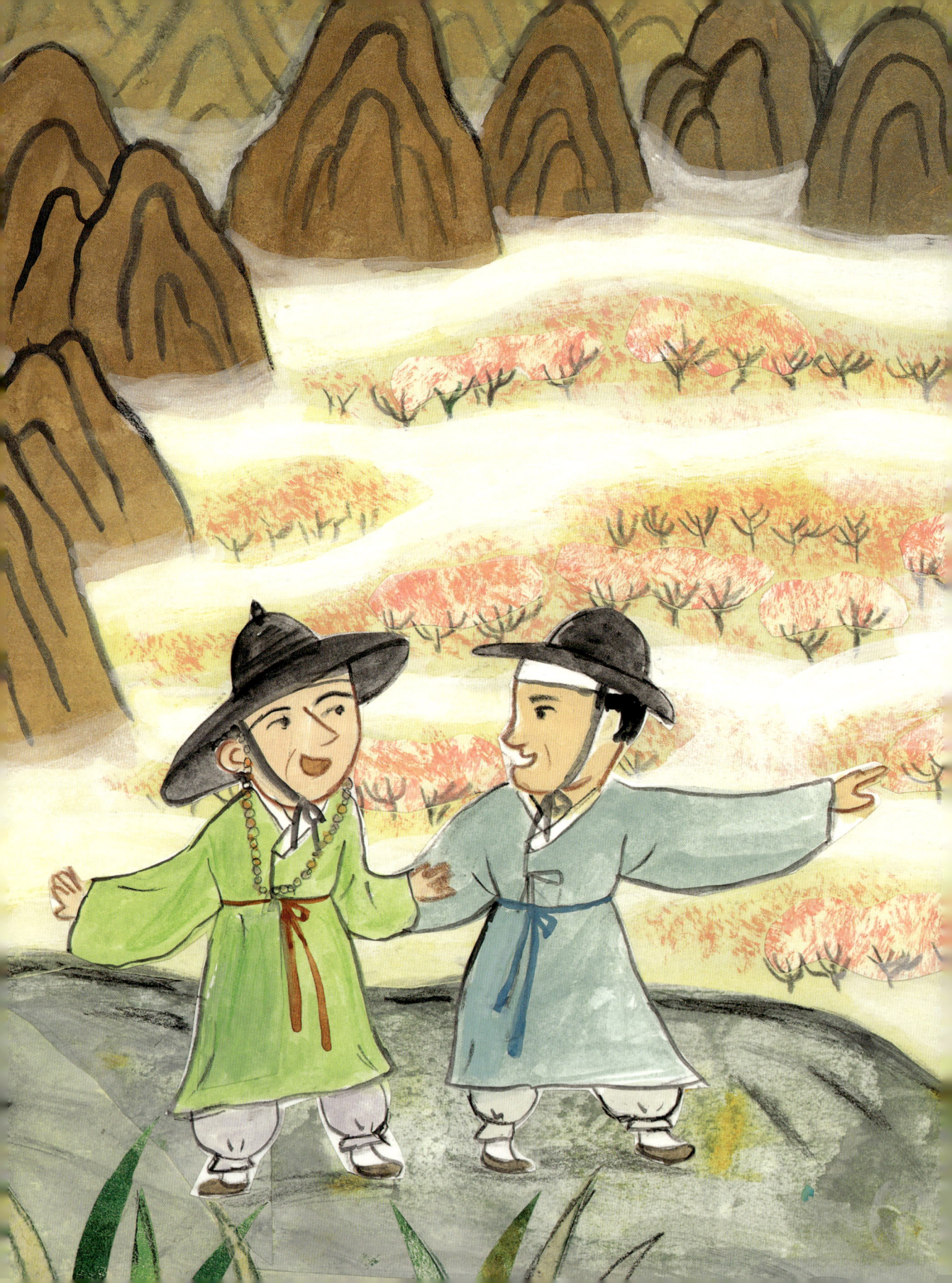

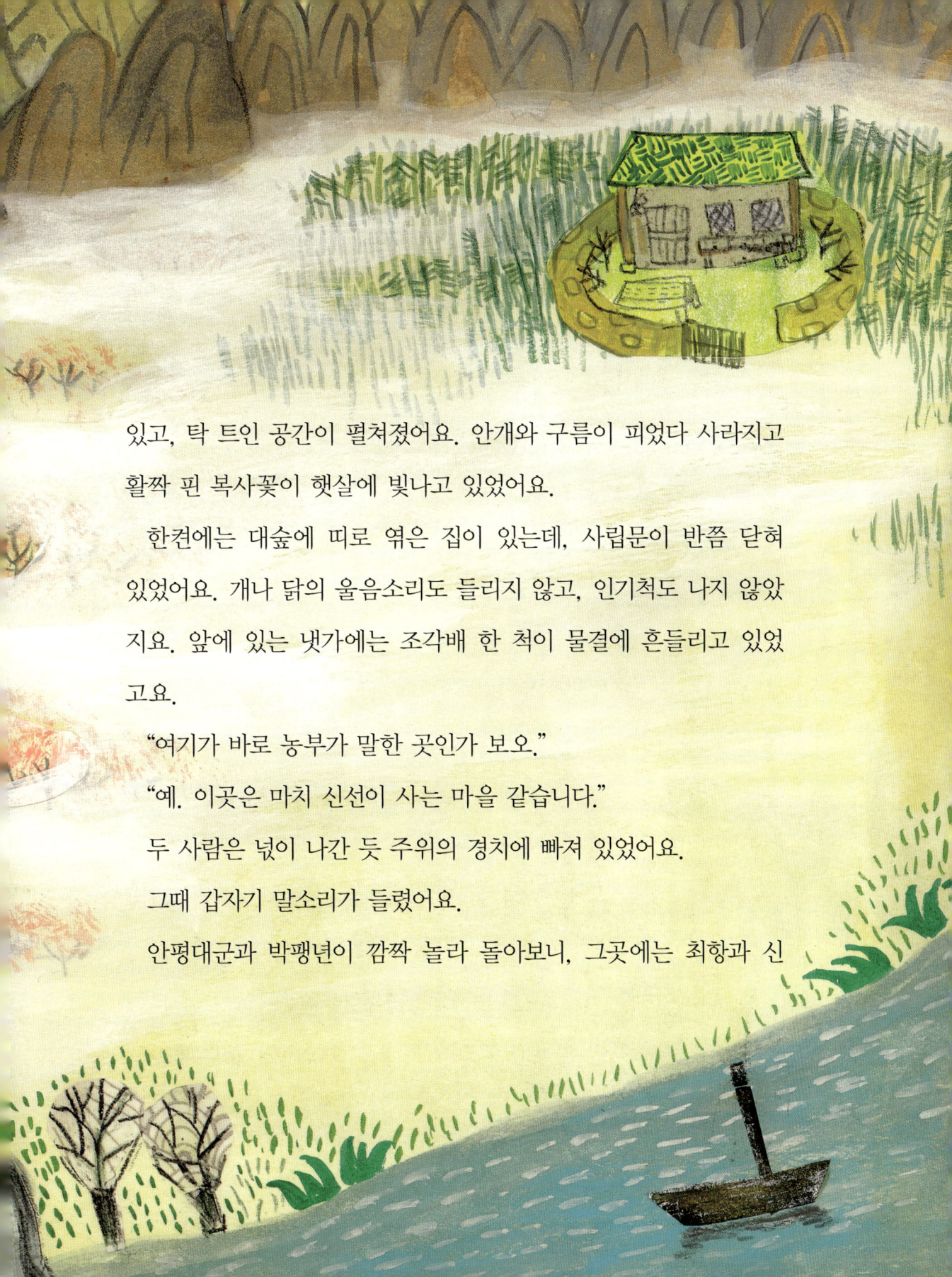

있고, 탁 트인 공간이 펼쳐졌어요. 안개와 구름이 피었다 사라지고
활짝 핀 복사꽃이 햇살에 빛나고 있었어요.

한켠에는 대숲에 띠로 엮은 집이 있는데, 사립문이 반쯤 닫혀
있었어요. 개나 닭의 울음소리도 들리지 않고, 인기척도 나지 않았
지요. 앞에 있는 냇가에는 조각배 한 척이 물결에 흔들리고 있었
고요.

"여기가 바로 농부가 말한 곳인가 보오."

"예. 이곳은 마치 신선이 사는 마을 같습니다."

두 사람은 넋이 나간 듯 주위의 경치에 빠져 있었어요.

그때 갑자기 말소리가 들렸어요.

안평대군과 박팽년이 깜짝 놀라 돌아보니, 그곳에는 최항과 신

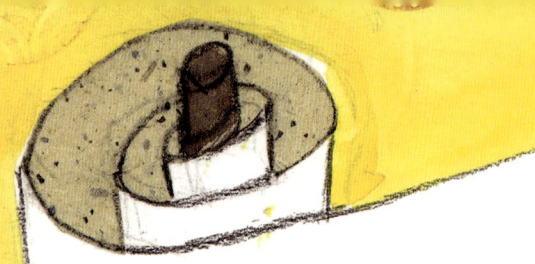

숙주가 있었어요.

두 사람도 집현전 학자로서 평소 안평대군과 같이 어울려 시를 짓던 사람들이었어요.

"그대들이 먼저 와 있었구려. 참으로 멋진 경치요."

"도연명이 말한 무릉도원이 바로 여기 아니겠습니까?"

네 사람은 반갑게 이야기를 나누며 경치를 즐겼어요. 복사꽃 핀 언덕을 오르내리며 시간 가는 줄 몰랐어요.

그러다가 홀연히 안평대군은 잠에서 깼어요.

'참으로 신기한 꿈이군. 차라리 꿈에서 깨지 말 것을…….'

안평대군은 그곳에서 더 있지 못하고 잠에서 깬 것이 안타까웠어요. 그래서 눈을 감고 꿈에 대해 생각하며 아침이 되기를 기다렸어요.

날이 밝자마자 안평대군은 하인을 불렀어요.

"여봐라, 게 아무도 없느냐? 어서 가서 안견 선생을 모셔 오너라!"

안견은 조선에서 가장 이름이 높은 화가였어요. 안평대군은 그런 안견을 유난히

아꼈지요. 안평대군의 부름을 받은 안견은 즉시 달려왔어요.

"어서 오시오! 내 그대에게 긴히 부탁이 있어 불렀소."

안평대군은 지난 밤 꿈 이야기를 들려주었어요. 안견은 그 이야기를 하나도 빼놓지 않고 귀담아 들었어요.

"어떻소, 정말 신기하지 않소? 그래서 말인데, 이 꿈을 그대가 그림으로 그려 주었으면 좋겠소."

"꿈을 그림으로 옮기자면 보통 솜씨로는 힘들 텐데……. 어찌 저 같은 사람이 그리겠습니까?"

"무슨 소리요? 그대는 조선 제일의 화가 아니오. 부디 내 청을 들어 주시오!"

한참을 고민하던 안견은 안평대군의 청을 받아들였어요. 그날부터 안견은 밤낮으로 그림에 매달렸어요.

이윽고 사흘이 지났어요. 안견이 안평대군의 집에 비단 두루마리를 들고 나타났어요.

"그림이 다 되었습니다. 펼쳐 보시지요."

안평대군은 반가운 마음으로 두루마리를 펼쳤어요. 과연 거기에는 놀랄 만한 그림이 그려져 있었어요.

안평대군은 입을 다물지 못했어요. 안견의 실력을 알고는 있

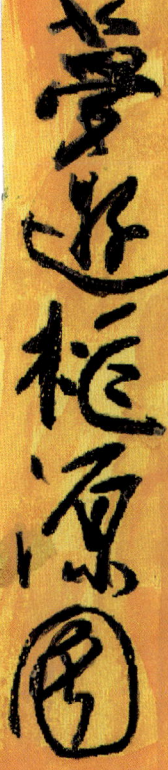

었지만 이렇듯 훌륭한 그림을 그려 올 줄은 상상하지 못했거든요.

안평대군은 흡족한 마음에 그 자리에서 손수 먹을 갈아 '몽유도원도'라는 글씨를 그림 첫머리에 썼어요.

'몽유도원도'란 말 그대로 꿈속에 복숭아밭을 거닐며 노는 그림이란 뜻이에요.

안평대군은 그림을 그리게 된 사연을 글로 쓰고 성삼문, 박팽년, 신숙주, 김종서, 서거정에게 부탁하여 그림을 칭찬하는 시와 글을 짓게 했어요.

〈몽유도원도〉는 꿈속의 이상 세계를 그려서 환상적인 분위기를 자아내지요. 그림은 크게 세 부분으로 나눠 볼 수 있어요. 왼쪽은

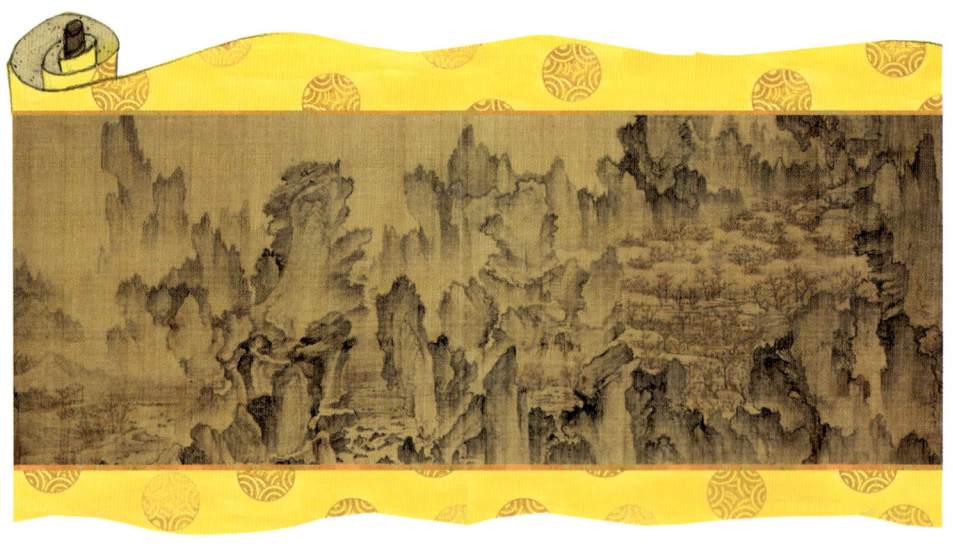

크고 작은 야산과 숲이 있는데, 사람들이 사는 속세를 상징해요.

중간 부분은 기암괴석이 하늘 높이 솟아 있지요. 이 험준한 바위산은 무릉도원을 찾아가는 길에 마주쳐야 하는 장애물을 그린 거예요.

마지막으로 오른쪽에는 비탈진 산기슭에 복사꽃이 흐드러지게 핀 언덕이 그려져 있어요. 이곳은 누구나 그리워하는 신선의 마을, 무릉도원을 나타내고 있답니다.

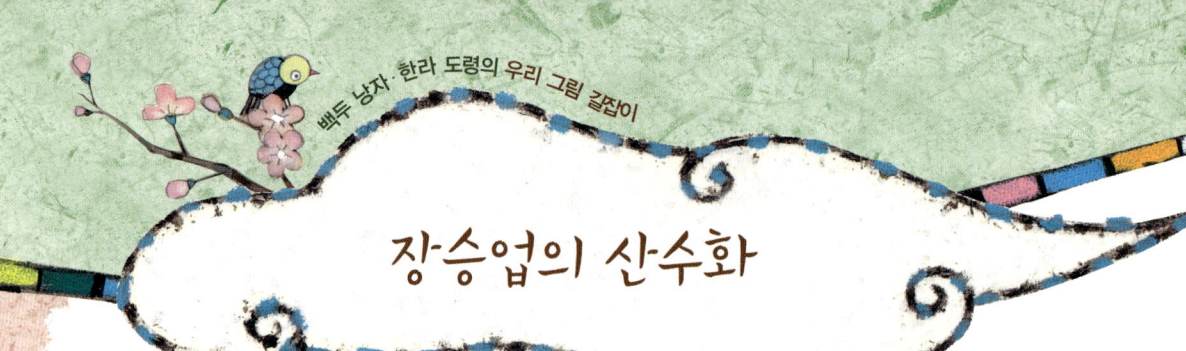
장승업의 산수화

안견의 〈몽유도원도〉는 산수화예요. 산수화란 산과 물이 어우러진 자연의 아름다움을 그린 그림을 말해요. 조선 시대 안견에 버금가는 천재 화가가 있었는데, 바로 장승업이에요.

장승업은 주로 털 있는 짐승을 그린 영모화나 생활 주변에서 쉽게 볼 수 있는 물건을 그린 기명절지화에 능해 이름을 떨쳤어요. 하지만 그에 못지 않게 산수화에도 뛰어난 재주를 보였어요. 장승업은 초기에 중국의 산수화를 보고 그림을 많이 그렸어요. 그러다가 자기 나름의 그림풍을 발전시키는데 노력했지요.

중국의 산수화와는 달리 장승업의 산수화는 매우 부드러워요. 또한, 나무 하나

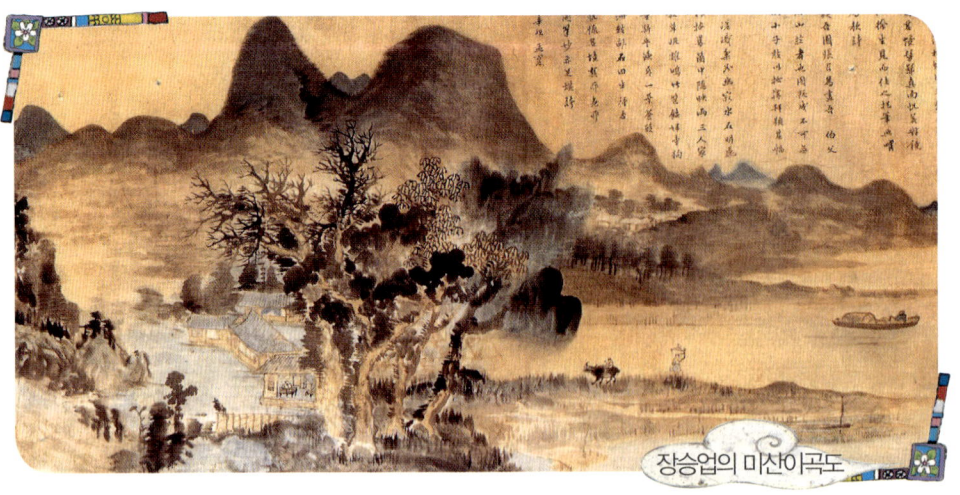

장승업의 미산이곡도

하나에도 변화를 주기 위해 붓질을 자유롭게 했어요.

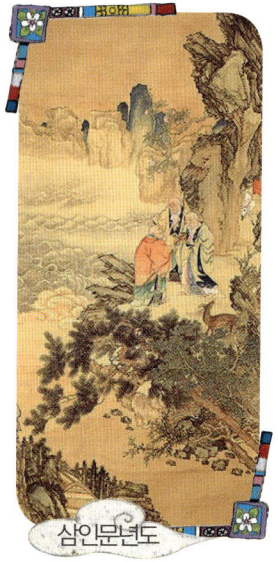

삼인문년도

장승업의 산수화는 다른 화가들과 다르게 자유로움과 생동감이 느껴진답니다. 그것은 평상시의 장승업의 성격과 관련이 있어요. 그는 술을 몹시 좋아했어요. 그림의 대가로 돈 대신에 술을 받기도 했고, 한껏 취해야 붓을 들어 그림을 그리곤 했어요. 고종 임금이 궁중의 화원으로 삼았지만 답답한 궁 생활을 견디지 못하고, 수시로 빠져나와 고종 임금을 화나게 했다고 해요.

장승업은 규칙에 얽매이지 않고, 평생을 자유롭게 살았어요. 마치 떠도는 구름처럼 떠돌이 생활을 했지만, 예술에 대한 자부심은 그 누구보다 대단했어요. 장승업은 조선 시대의 마지막 천재 화가였답니다.

보통 산수화를 잘 그리는 사람은 인물화를 잘 그리지 못하는데, 장승업은 인물화에서도 뛰어난 재능을 보여주고 있어요.

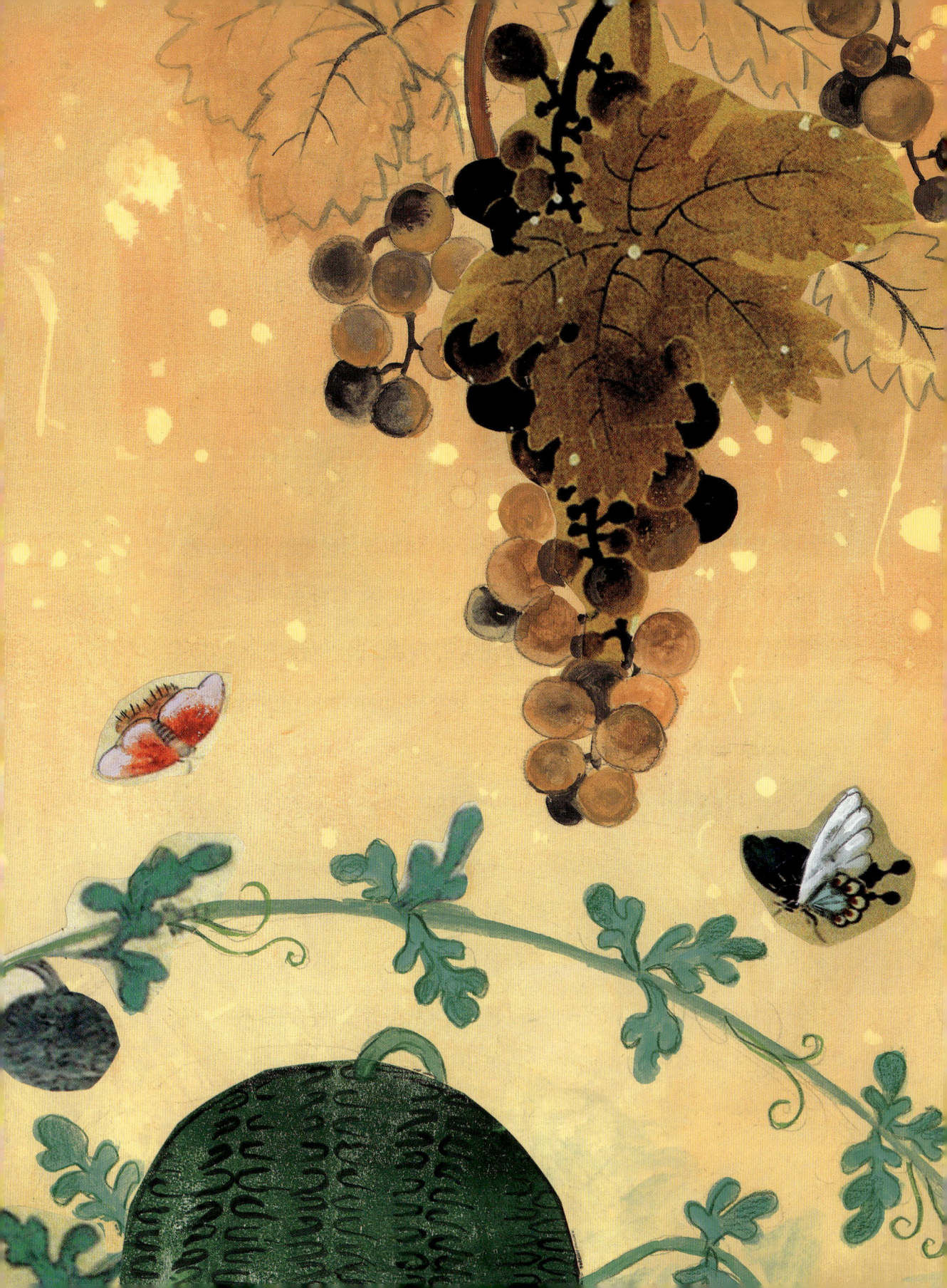

조선 제일의 초충도
〈포도도〉, 〈수박과 들쥐〉

잔치가 한창 무르익을 무렵, 손님으로 온 한 부인이 음식을 엎질러 치마에 얼룩이 졌어요. 부인은 금세 울상이 되어 어쩔 줄 몰라 했어요.

"어떻하지? 잔칫집에 오느라고 빌려 입은 옷인데……."

부인은 매우 가난하여 외출할 때 입을 변변한 옷 한 벌이 없었어요. 그래서 이웃집에서 비단 치마를 빌려 입고 온 것이었어요.

그런데 이 옷에 얼룩이 졌으니 보통 큰일이 아니었어요. 그냥 돌려줄 수도 없고, 그렇다고 새 치마를 사 줄 형편도 아니었지요.

부인은 치마를 쳐다보며 울상이 되었어요. 주변의 사람들도 안

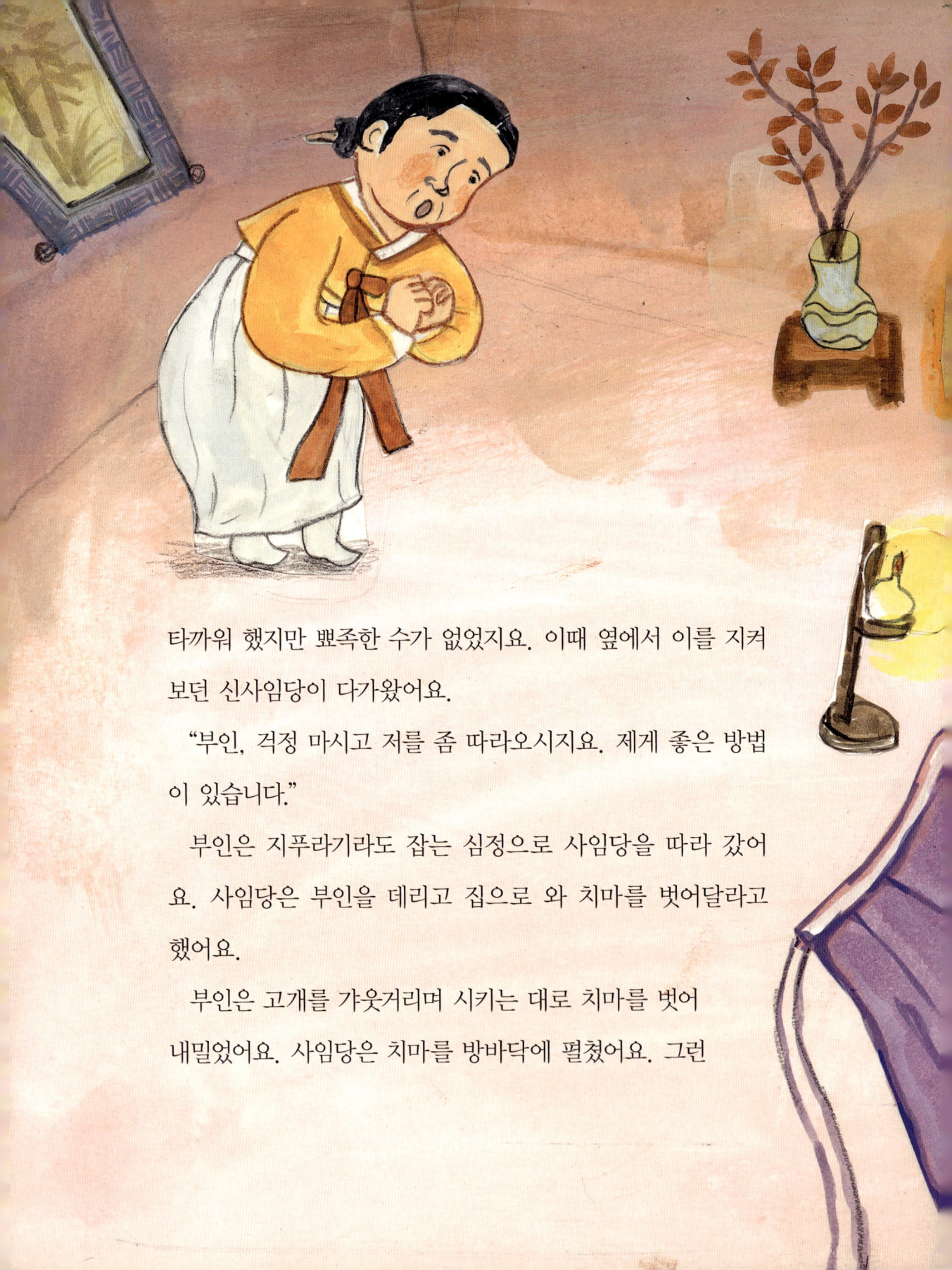

타까워 했지만 뾰족한 수가 없었지요. 이때 옆에서 이를 지켜
보던 신사임당이 다가왔어요.

"부인, 걱정 마시고 저를 좀 따라오시지요. 제게 좋은 방법
이 있습니다."

부인은 지푸라기라도 잡는 심정으로 사임당을 따라 갔어
요. 사임당은 부인을 데리고 집으로 와 치마를 벗어달라고
했어요.

부인은 고개를 갸웃거리며 시키는 대로 치마를 벗어
내밀었어요. 사임당은 치마를 방바닥에 펼쳤어요. 그런

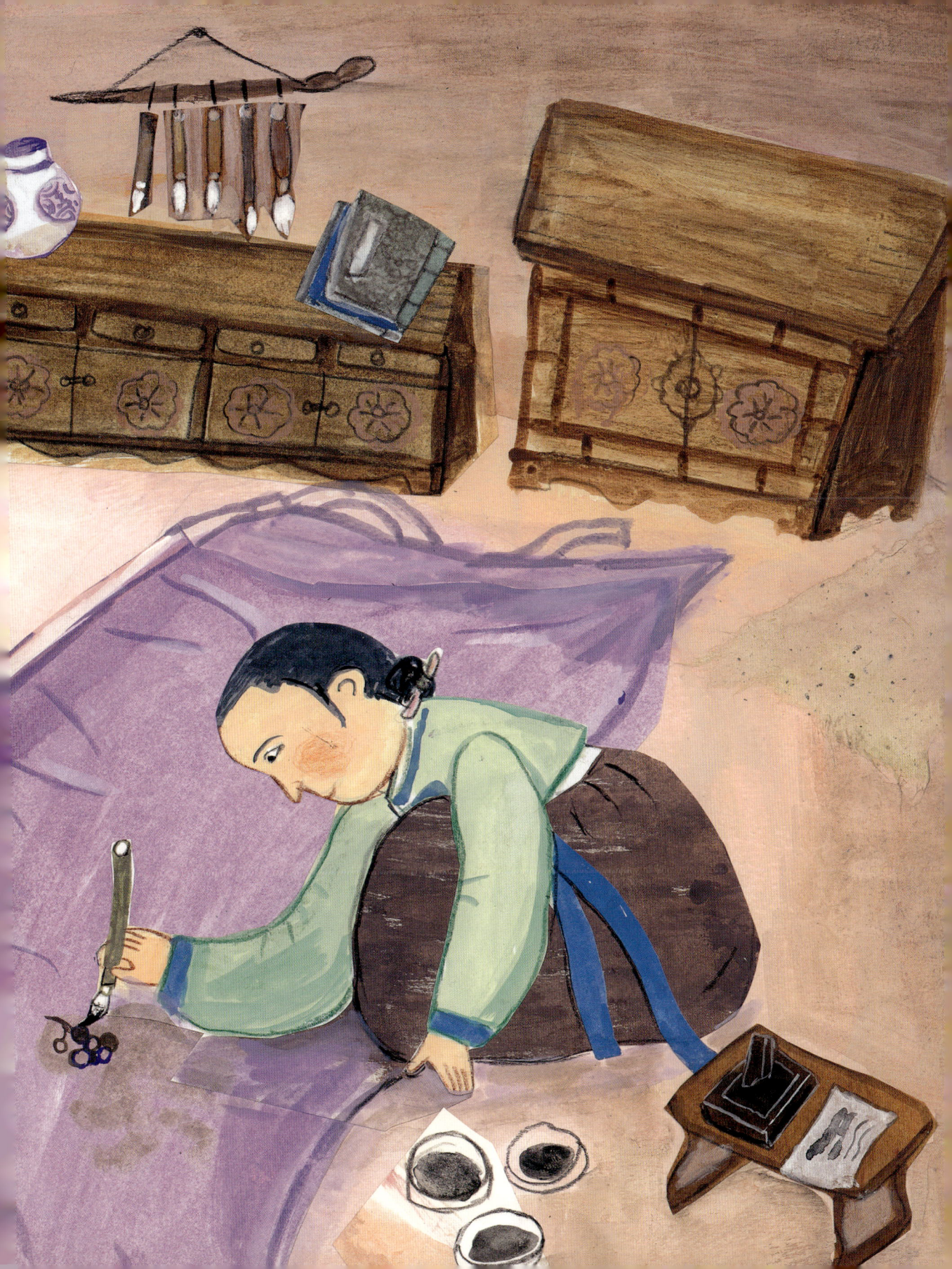

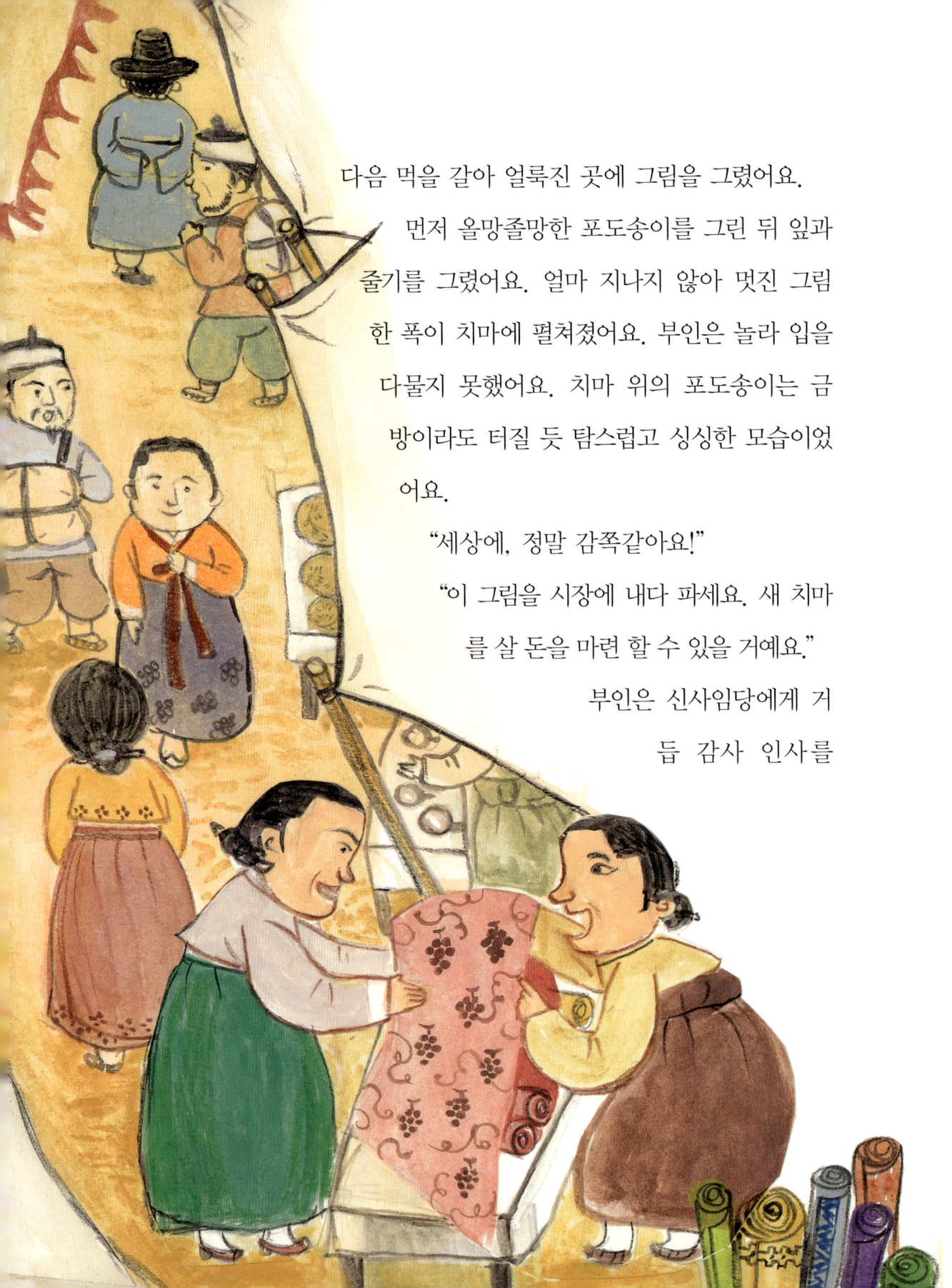

다음 먹을 갈아 얼룩진 곳에 그림을 그렸어요.

먼저 올망졸망한 포도송이를 그린 뒤 잎과 줄기를 그렸어요. 얼마 지나지 않아 멋진 그림 한 폭이 치마에 펼쳐졌어요. 부인은 놀라 입을 다물지 못했어요. 치마 위의 포도송이는 금방이라도 터질 듯 탐스럽고 싱싱한 모습이었어요.

"세상에, 정말 감쪽같아요!"

"이 그림을 시장에 내다 파세요. 새 치마를 살 돈을 마련 할 수 있을 거예요."

부인은 신사임당에게 거듭 감사 인사를

한 뒤 치마를 들고 시장으로 나
갔어요.

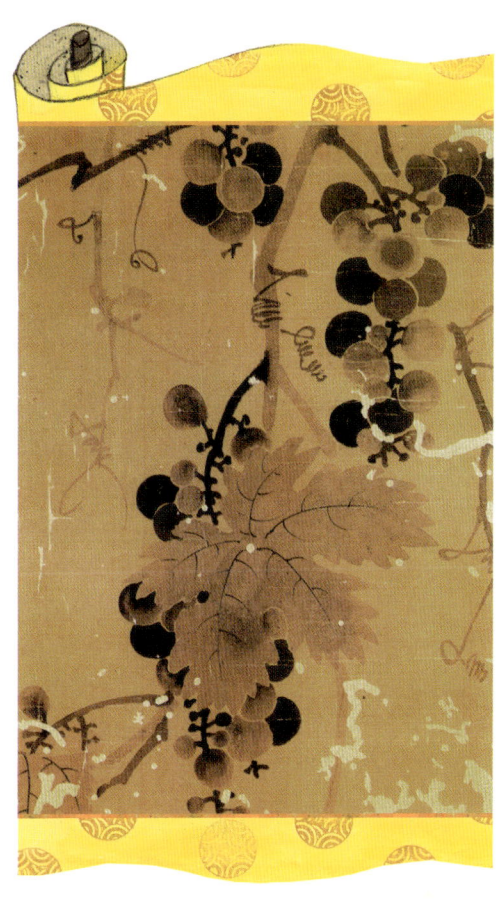

치마를 펼쳐 보이자마자 사람
들이 몰려들면서 서로 사겠다고
아우성이었어요.

"정말 훌륭한 그림이군. 얼마에
팔겠소?"

"여보시오, 이 치마는 아까부터
내가 점찍어 놓은 것이니 다른 데
가서 알아보시오!"

여러 사람이 흥정을 해 치마는
비싼 값에 팔 수 있었어요. 부인은
새 비단 치마를 사고도 많은 돈이 남았답니다.

그 뒤로 아낙네들 사이에서는 포도송이 무늬가 그려진 치마를 입
는 것이 유행이 되었다고 해요. 그런데 아쉽게도 사임당이 그린 포
도송이 치마는 지금 남아 있지 않아요.

대신 사임당의 다른 그림인 〈포도도〉를 통해서 추측해 볼 따름이
에요. 〈포도도〉를 보면 포도의 잎과 넝쿨, 포도송이 등이 정말 생생

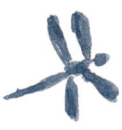

하게 표현되어 있어요. 포도나무의 특징과 윤곽이 뚜렷이 살아 있지요.

신사임당은 1504년, 강릉에서 신명화의 둘째 딸로 태어났어요. 아버지는 사임당을 특히 아끼고 사랑하여 그녀의 남편인 이원수에게 시집을 가되 친정에서 산다는 조건을 걸었다고 해요. 사임당을 항상 곁에 두고 싶었기 때문이지요.

사임당은 일찍부터 그림과 글씨, 시에 뛰어난 재능을 보였어요. 특히 그림 솜씨는 일품이었지요. 그녀의 그림 솜씨가 얼마나 탁월했는지를 보여 주는 다른 이야기를 들어 볼래요?

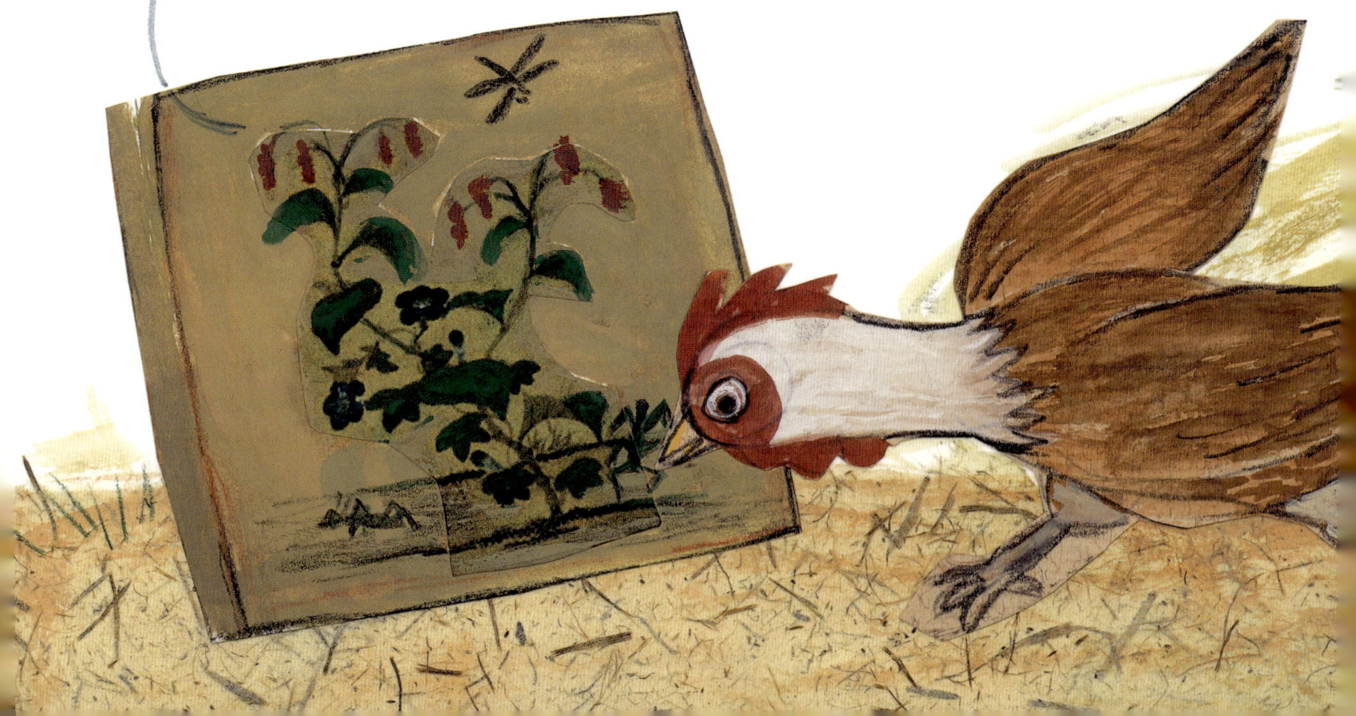

조선 숙종 때 송상기라는 사람이 《옥오재집》이란 문집을 남겼어요. 그 책을 보면 신사임당에 관해 다음과 같은 기록이 있어요.

'우리 친척 중의 한 분이 사임당의 풀벌레 그림 한 폭을 가지고 있었는데, 여름철에 그림이 눅눅해져 햇볕에 말리기 위해 마루에 펼쳐 놓았다. 그러자 마당에서 놀던 닭이 그 그림을 보고 진짜 풀벌레인 줄 알고 쪼아서 그림이 뚫어졌다고 하였다. 처음에는 그 이야기를 믿지 않았으나, 정종지라는 사람이 보관하고 있는 사임당의 그림첩을 보니 과연 꽃, 오이, 곤충 등 그림이 절묘하기 이를 데 없다. 특히 나비와 벌레 그림은 신묘한 솜씨여서 살아 움직이는 것 같다. 비로소 예전에 들은 친척의 말이 빈말이 아니었음을 알겠다.'

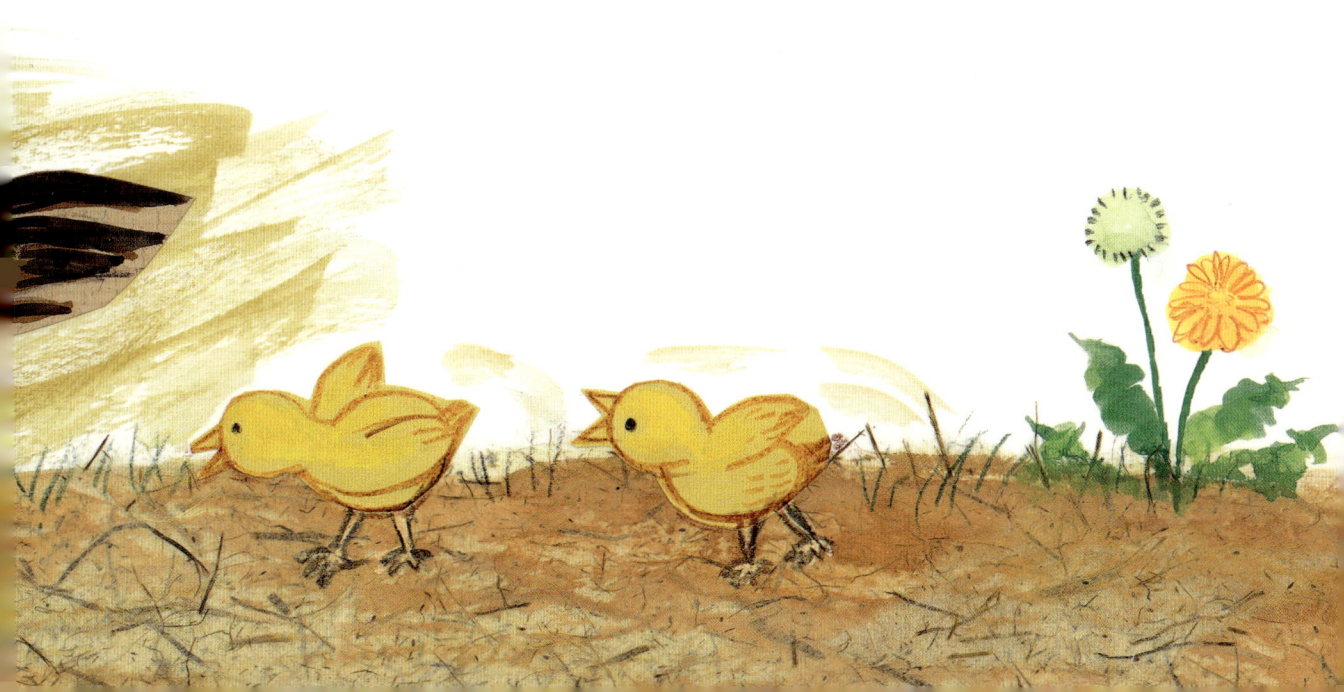

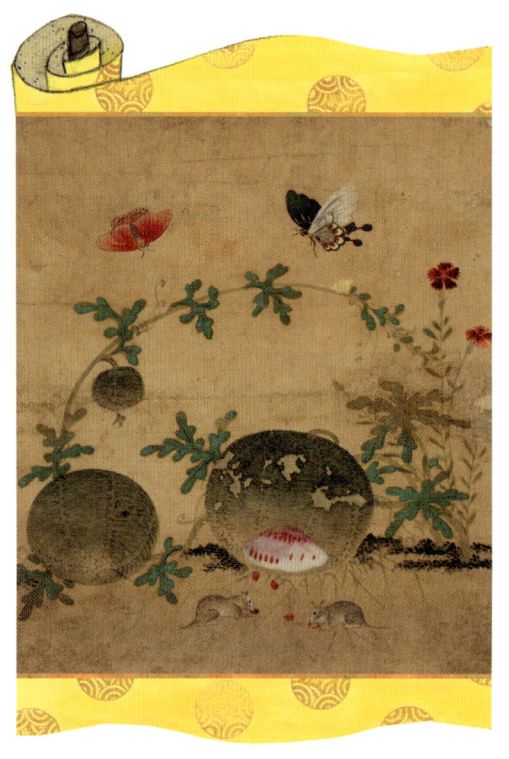

그 밖에도 어숙권이 쓴 《패관잡기》에서 안견 다음의 화가로 사임당을 꼽았다는 얘기도 있어요. 사임당의 그림을 접한 숙종은 감탄해 마지않으며, 그림에 대한 감상을 시로 남길 정도였어요.

사임당의 초충도 중에 대표작인 〈수박과 들쥐〉를 살펴볼까요?

우선 그림의 구도가 매우 안정되어 있어요. 가운데의 커다란 수박 두 덩이가 무게 중심을 잡아 주거든요. 그 왼쪽에는 작은 수박이 달린 줄기가 비스듬히 뻗어 있고, 오른쪽에는 패랭이꽃이 위쪽으로 줄기를 세우고 있어요. 이 두 가지가 집의 기둥처럼 그림을 떠받치고 있지요. 그러면서 위쪽의 나비 두 마리가 노니는 모습이 아래의 들쥐와 짝을 이루고 있어요. 얼핏 보아도 치밀한 구도로 그려진 그림임을 알 수 있지요.

그림 속의 식물이나 들쥐, 나비 등도 굉장히 사실적이에요. 수박의 아래쪽을 갉아먹는 들쥐들을 보세요. 금방이라도 사각사각 소리가 들릴 것 같지요? 그 위의 나비는 또 어떤가요? 훨훨 날갯짓하는 소리가 들리는 것 같아요. 지금처럼 물감이 발달하지도 않은 시대에 어쩌면 이런 그림이 나왔을까 의심스러울 정도예요. 이 그림을 보고 있으면 당시 사람들이 신사임당을 칭찬한 이유를 알 것 같아요.

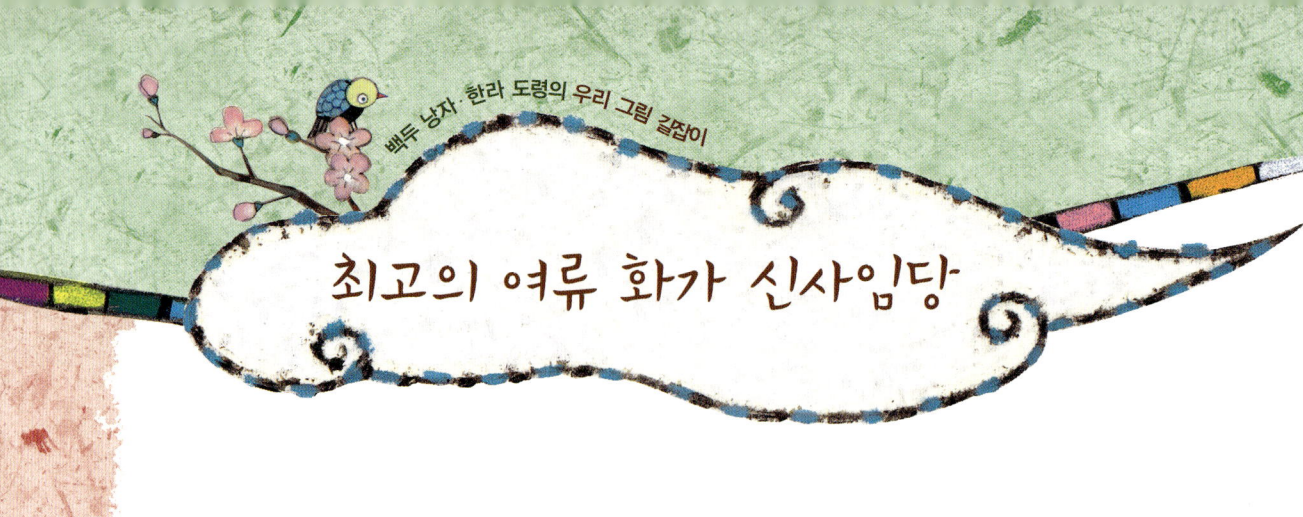

최고의 여류 화가 신사임당

조선 시대에는 남자를 여자보다 귀하게 여겨 대접했어요. 그때는 여자는 남자의 그늘 아래에서 순종하며 살아야 한다고 생각했거든요. 어려서는 아버지를 따르고, 시집을 가서는 남편을 따르고, 늙어서는 아들을 따른다는 '삼종지도'라는 도리를 지켜야 했지요.

이런 까닭에 조선의 여자들은 교육을 거의 받지 못했어요. 기껏해야 어깨너머로 글을 배우는 것이 고작이었답니다.

이처럼 여자들이 푸대접 받던 조선 시대에 신사임당이 여류 화가로 인정받았던 이유는 무엇일까요?

옛날 선비들은 그림을 단순히 그리는 것으로만 생각하지 않았어요. 마음을 갈고 닦는 중요한 수단으로 여겼지요. 그래서 그림을 그린 다음, 그곳에 자기 나름의 글씨체로 시를 쓰곤 했지요.

> 시, 글씨, 그림에 뛰어난 신사임당의 초상화예요.

이런 이유로 시와 글씨, 그림이 조화를 이루어야 격조 높은 그림으로 인정했어요. 하지만 이 세 가지를 모두 잘하기란 쉽지 않았어요. 그림이 좀 괜찮다 싶으면 시와 글씨가 볼품없고, 시를 좀 읊는 사람은 그림과 글씨가 좀 모자라는 식이었지요. 때문에 시, 글씨, 그림이 모두 빼어난 사람을 '삼절'이라 일컬었어요.

신사임당은 비록 여자의 몸이었으나 삼절이었어요. 뿐만 아니라 이율곡 같은 대학자를 길러 낸 훌륭한 어머니였지요. 그래서 지금도 많은 사람에게 존경을 받아요. 신사임당은 주변에서 흔히 볼 수 있는 풀이나 벌레, 새 등의 그림을 많이 그렸어요. 그녀의 그림은 섬세한 묘사와 정교한 채색으로 남자와는 다른 여류 화가의 개성과 멋을 한껏 느낄 수 있답니다.

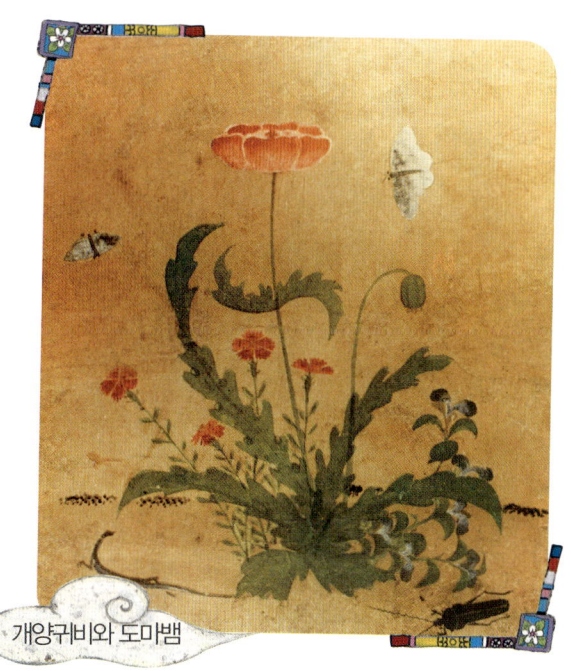

개양귀비와 도마뱀

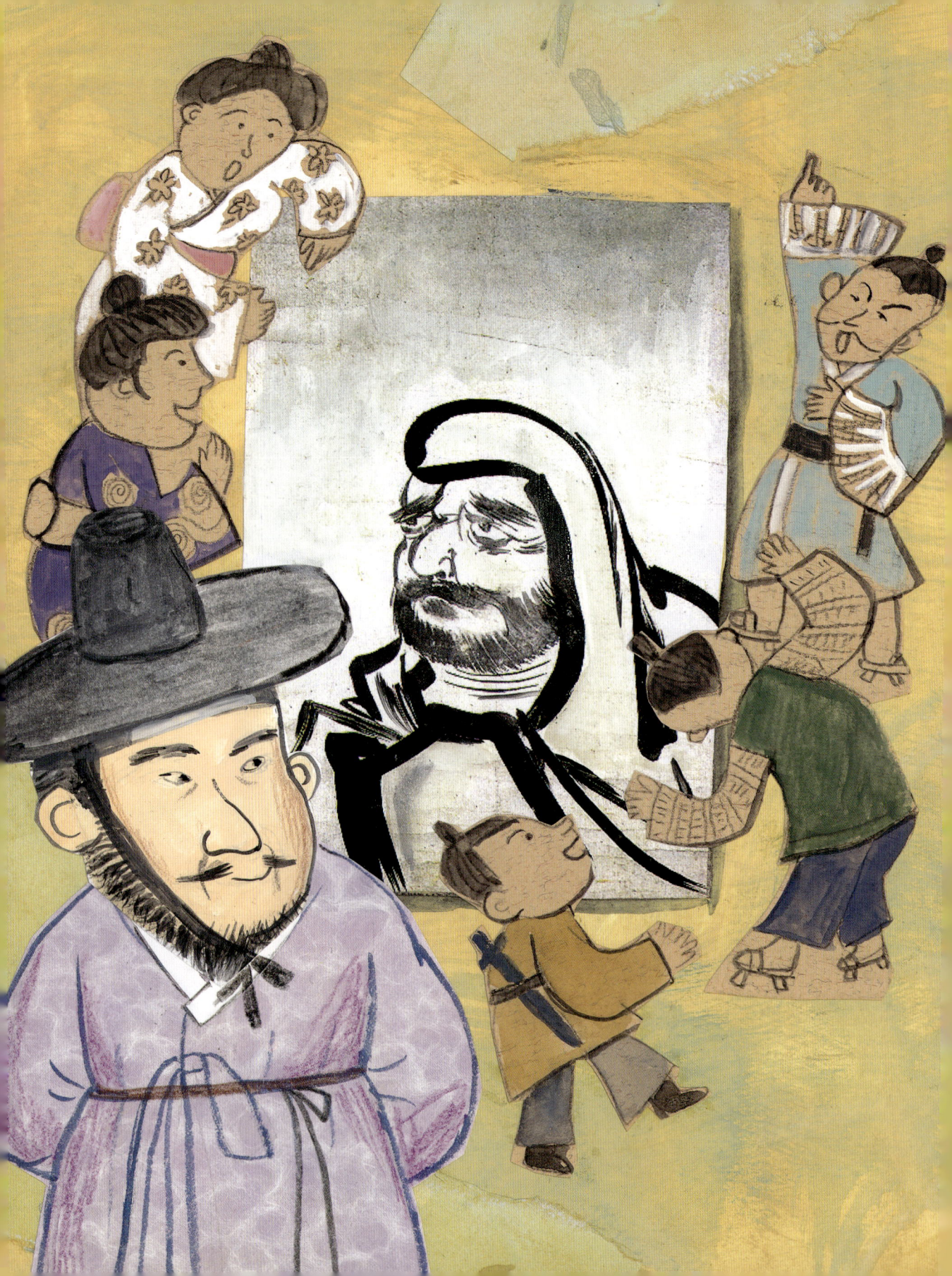

아시아 최고의 인물화
〈달마도〉

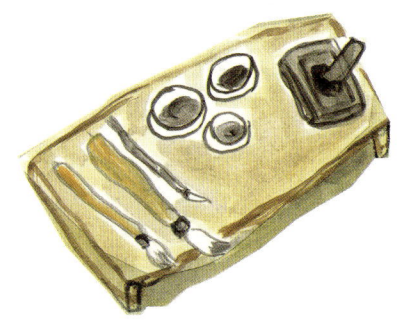

"계십니까?"

누군가 부르는 소리에 김명국은 방문을 열었어요. 밖에는 스님 한 분이 서 있었어요.

"도화서 화원으로 계시는 김명국 어른을 찾는데, 그분이 맞으십니까?"

"그렇소만, 어떤 일로 나를 찾는 게요?"

김명국은 무슨 일이냐는 듯 스님을 쳐다보았어요. 도화서는 조선 시대에 그림에 관한 일을 맡아보던 관청이에요. 화원은 도화서에서 그림을 그리던 화가를 말해요.

스님은 공손히 허리를 숙이며 찾아온 사연을 말했어요.

"일찍부터 화원 어른의 명성을 듣고 있었습니다. 이번에 절을 하나 짓는데, 거기에 걸어 둘 만한 그림을 하나 부탁하려고 이렇게 찾아왔습니다. 부디 제 청을 거절하지 말아 주십시오."

"흠, 절이라면 인자한 부처님의 모습을 원하는 것이오?"

김명국이 심드렁한 표정을 짓자 스님이 강하게 고개를 저으며 말했어요.

"아닙니다. 지옥의 모습을 그려 주셨으면 좋겠습니다. 그 그림을 보고 중생들이 나쁜 일을 하지 않고 선한 삶을 살 수 있도록 말입니다."

스님의 말에 김명국은 자세를 고쳐 앉으며 흥미로워 했어요.

"그것 참 재미있겠구려. 그럼 그림은 어디에 그려 주면 좋겠소?"

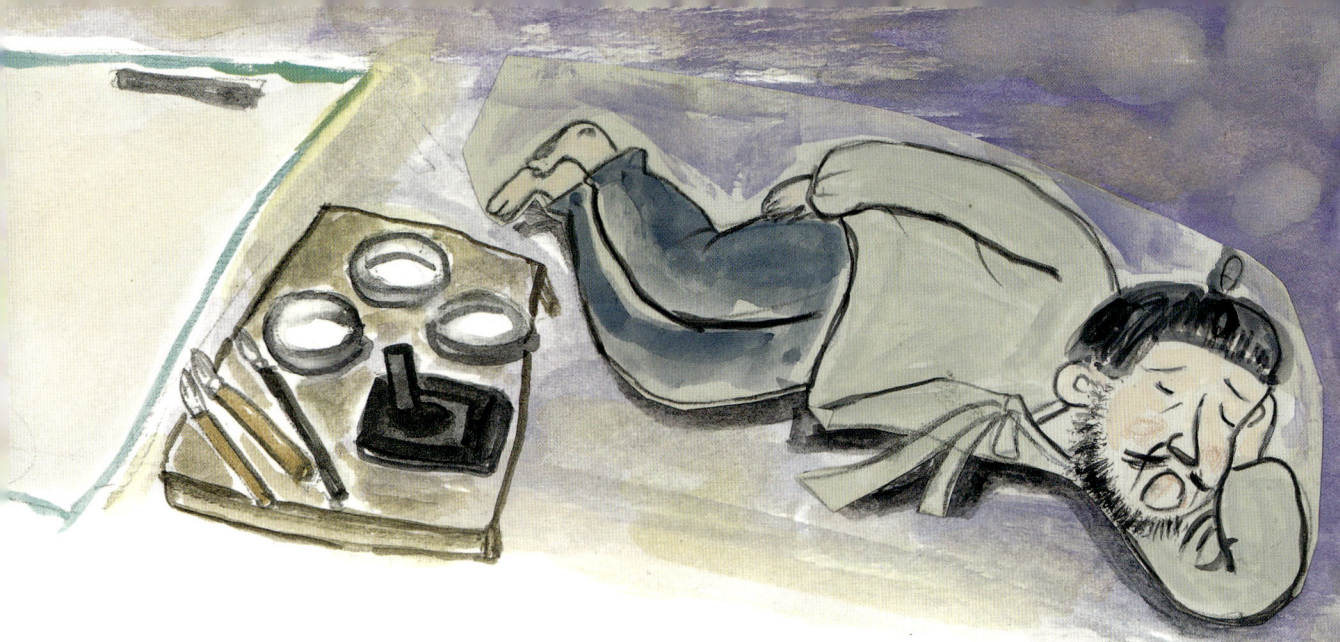

"이 비단에 그려 주시면 됩니다."

스님은 커다란 비단을 내밀었어요. 그 비단은 그냥 보기에도 예
사 비단이 아니었어요. 비단의 광채와 촉감만 보아도 우아함이 느
껴질 정도였어요. 김명국은 스님에게 고개를 끄덕이며 말했어요.

"알았으니 돌아갔다가 보름 뒤에 오시오!"

김명국의 허락에 스님은 거듭 허리를 숙이며 고맙다는 인사를
했어요. 그리고 감사의 뜻으로 삼베 수십 필을 예물로 바쳤어요.

"그럼, 나중에 그림을 가지러 오겠습니다."

스님이 돌아가자마자 김명국은 아내에게 예물로 받은 삼베를 내
주며 말했어요.

"이걸 전부 장에 내다 팔아 그 돈으로 술을 받아 오시오."

"살림살이도 어려운데, 전부 내다 팔란 말이에요?"

“이보시오, 부인. 술을 마셔야 제대로 된 그림을 그릴 게 아니오? 여러 말 말고 내 말대로 하시오.”

김명국은 그림을 그릴 때 늘 술을 마셨어요. 아내는 어려운 살림살이는 돌보지 않고 술과 그림에 파묻혀 사는 남편이 무척 야속했어요. 그러나 마음씨 고운 아내는 오늘도 남편이 시키는 대로 따랐어요.

그날부터 김명국은 날마다 술만 마셨어요. 워낙 술을 좋아했기 때문에 마셔도 마셔도 끝이 없었어요. 김명국은 그렇게 온종일 술만 마시며 그림 그릴 생각을 전혀 하지 않았어요.

약속한 보름이 지나고 스님이 찾아왔어요.

김명국은 그날도 아침부터 술에 잔뜩 취한 채 스님을 맞았어요. 스님이 그림을 찾으러 왔다고 하자, 김명국은 퉁명스럽게 소리쳤어요.

“돌아가시오. 내가 그림을 그리고 싶은 마음이 들 때까지 기다리란 말이오.”

스님은 어처구니없었지만 하는 수 없이 돌아갔어요.

스님이 돌아가고 나서도 김명국은 여전히 붓을 들지 않았어요. 계속 술만 마셨지요. 이 모습을 지켜보던 아내는 몹시 애가 탔어요.

'예물로 받은 삼베를 전부 술로 바꿔 먹고, 아직도 그림을 안 그리니 어쩌면 좋아!'

아내와 다르게 김명국은 여전히 천하태평이었어요.

며칠이 자나고 스님이 그림을 찾으러 또다시 왔어요. 스님은 여전히 그림을 그리지 않은 모습에 실망했어요.

"벌서 한 달이 지났습니다. 언제쯤 그려 주실런지요?"

"허허, 그렇게 재촉하면 될 것도 안 되오. 내가 뭐랬소? 그리고 싶은 마음이 생길 때까지 기다리라고 하지 않았소!"

김명국은 스님을 향해 도리어 화를 냈어요. 스님은 기분이 언짢았지만 김명국의 호통에 그대로 발길을 돌릴 수밖에 없었지요. 그런 일이 서너 차례 되풀이 됐어요.

그러던 어느 날 이었어요. 술기운이 얼큰히 오른 김명국이 비단을 펼쳤어요. 한동안 비단을 뚫어지게 바라보며 생각을 가다듬더니 이윽고 붓을 들었어요. 그러고는 붓을 쓱쓱 휘둘러 단번에 그림을 끝냈어요.

그림 속에는 지옥에서 끔찍한 형벌을 받는 사람들이 가득했어요. 목덜미를 잡힌 채 형장에 끌려가는 사람, 불구덩이에서 고통스러워 하는 사람, 무거운 짐을 나르는 형벌을 받고 있는 사람들로

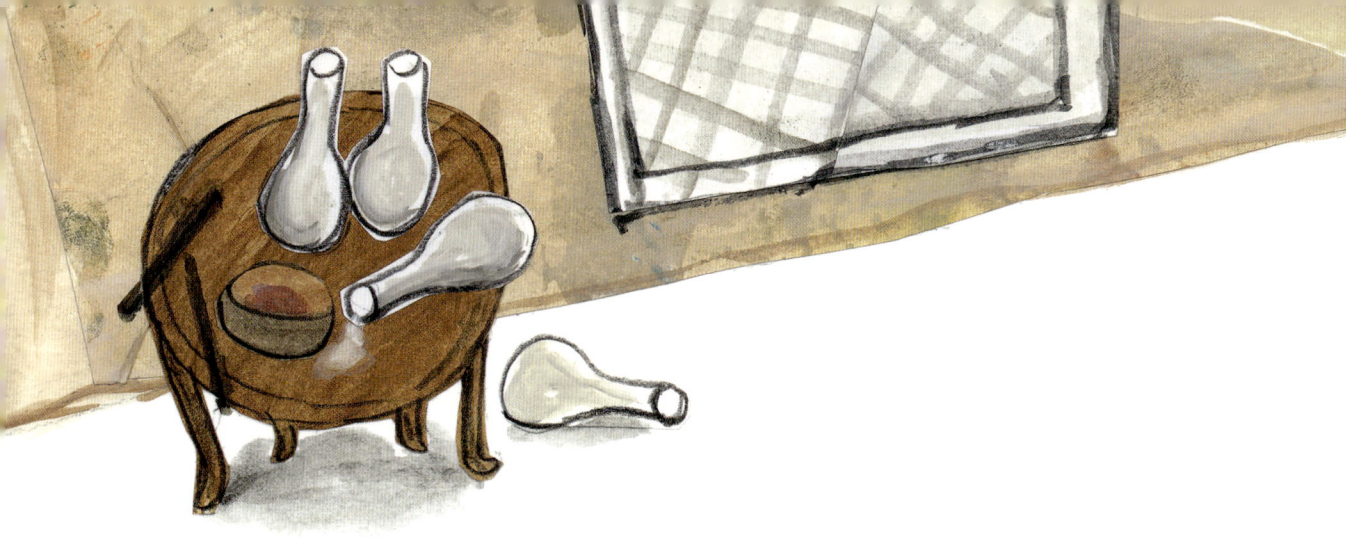

가득했어요. 끔찍한 지옥이 바로 눈앞에 있는 것 같았어요.

김명국은 본인의 그림에 만족하며 술을 마시러 나갔어요.

며칠 뒤 스님이 다시 왔어요. 여러 차례 헛걸음을 한 터라 단단히 화가 나 있었어요. 이번에는 무슨 수를 써서라도 그림을 받아갈 생각이었지요. 그런데 김명국이 선뜻 그림을 내밀자 몹시 기뻐했어요.

"하하하, 이제야 그림을 완성하셨군요. 정말 고생 많으셨습니다."

스님은 기쁜 마음으로 그림을 펼쳤어요. 하지만 이내 얼굴빛이

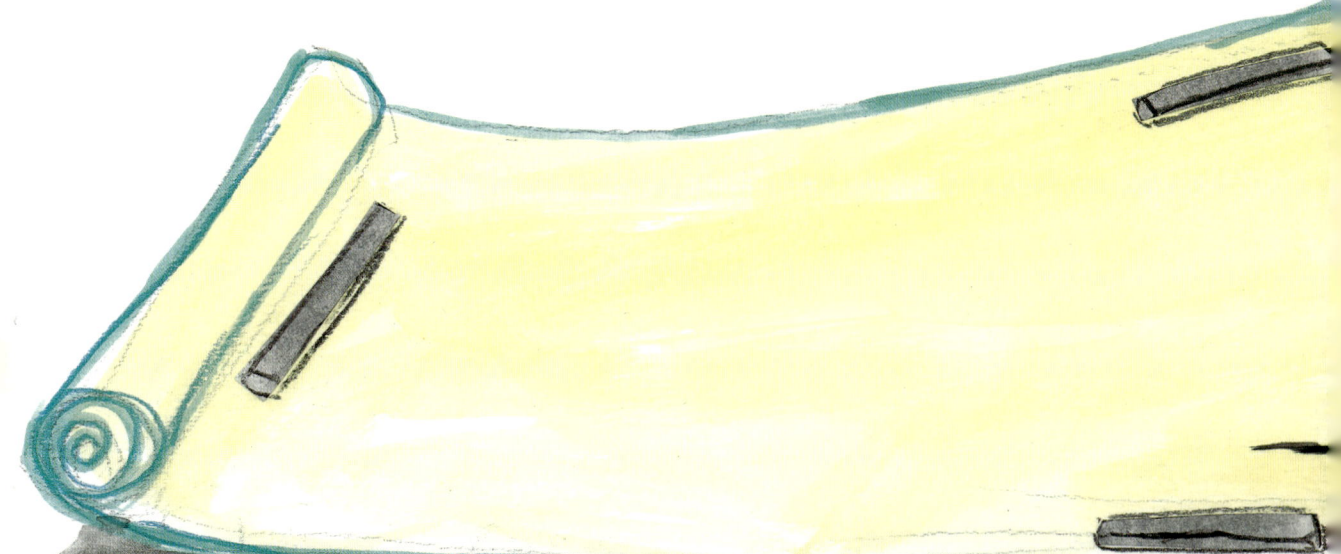

붉으락푸르락해졌어요. 지옥에서 벌을 받고 있는 사람들은 다름 아닌 스님들이었거든요.

"아니, 지금 저를 놀리시는 겁니까? 어쩌자고 이런 해괴망측한 그림을 그리셨습니까?"

스님이 흥분하여 소리치자 김명국은 아랑곳없이 너털웃음을 터뜨렸어요.

"내 그림이 뭐가 잘못됐소?"

"잘못되다마다요. 중생들을 가르치기 위해 그려 달랬더니, 지옥에는 스님들만 우글대지 않습니까?"

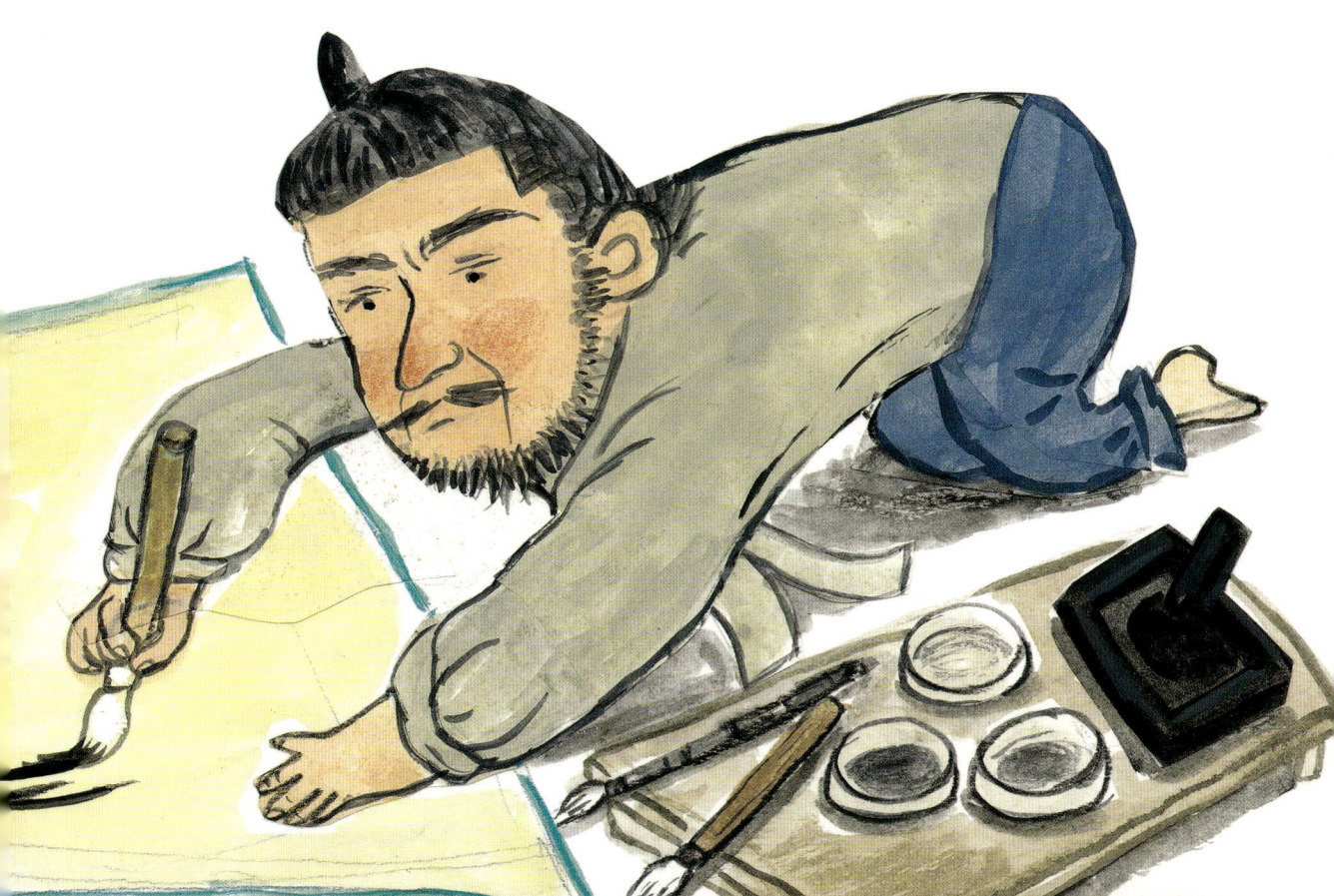

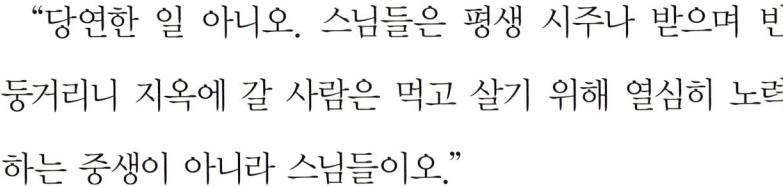

"당연한 일 아니오. 스님들은 평생 시주나 받으며 빈둥거리니 지옥에 갈 사람은 먹고 살기 위해 열심히 노력하는 중생이 아니라 스님들이오."

김명국의 대답에 스님은 기가 막혔어요.

"이제 당신과 더 말하고 싶지 않소. 이 그림은 불태워 버리고 예물로 준 삼베나 내놓으시오!"

스님은 몹시 화를 냈지만, 김명국은 태연하게 말했어요.

"허허, 그렇게 화만 내지 말고 가서 술이나 받아 오시오. 그러면 내가 그림을 다시 고쳐 주겠소."

스님은 화를 가라앉히고 술을 사 들고 왔어요. 김명국은 술을 보더니 단숨에 마시고는 다시 붓을 잡았어요. 머리를 박박 민 사람에게는 머리카락을, 수염이 없는 사람에게는 수염을 그려 넣었어요. 회색 승복에는 색깔을 입혔고요. 그림은 순식간에 다른 모습으로 변했어요. 다시 고친 그림을 보자 스님의 입이 벌어졌어요.

"참으로 천하제일의 화원이십니다그려! 이 〈지옥도〉 덕분에 많은 중생들을 구원할 수 있을 것 같습니다."

스님은 매우 기뻐하며 그림을 품에 안고 갔어요.

안타깝게도 이 〈지옥도〉는 현재 전해지지 않아요. 〈지옥도〉에

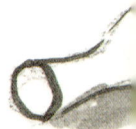

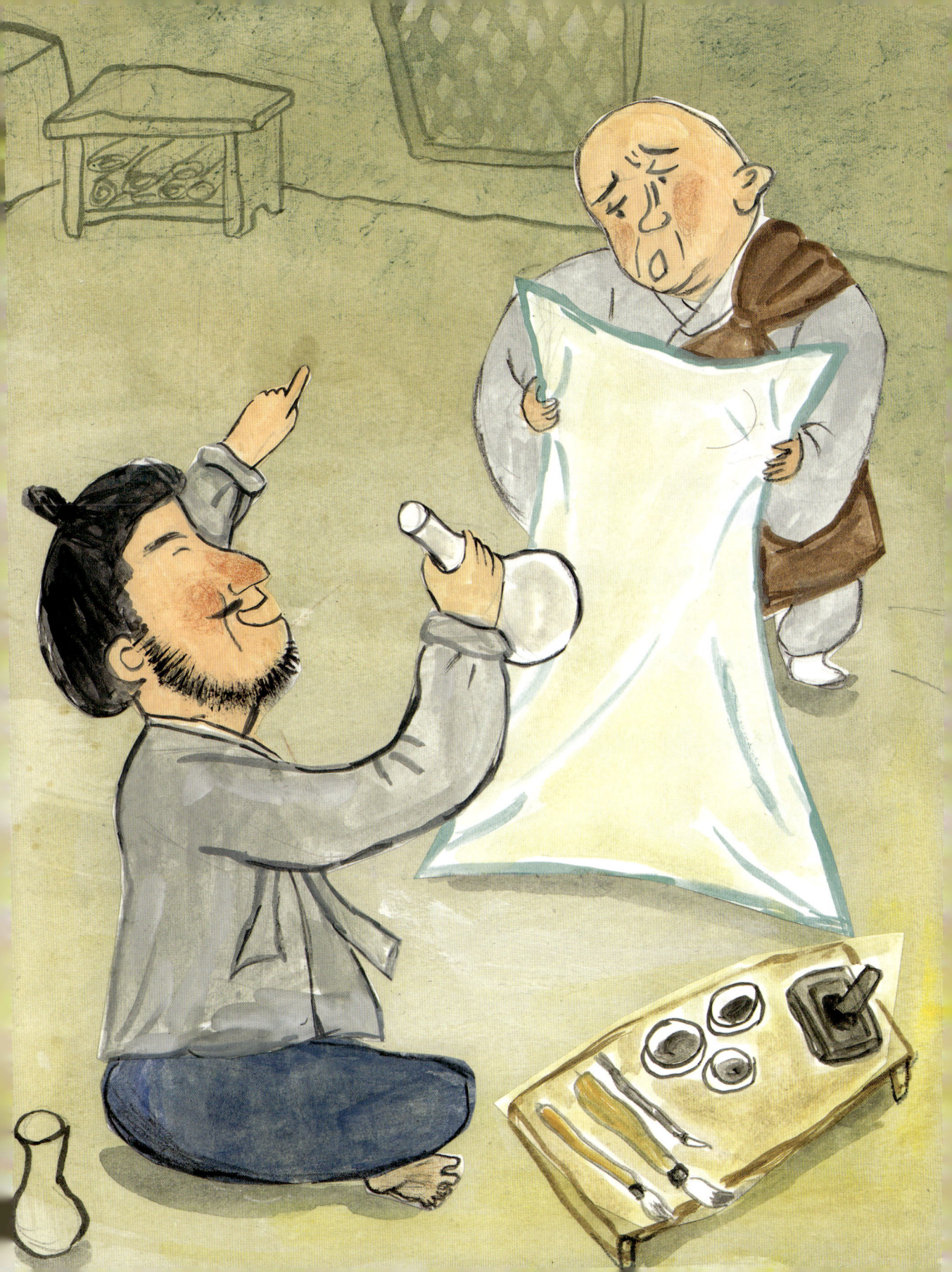

얽힌 이야기를 통해 김명국의 호탕한 성품과 그림 실력을 알 수 있을 뿐이지요.

김명국은 조선 인조 때의 도화서 화원이었는데, 그가 태어나고 죽은 때는 정확하지 않아요. 그는 그림 솜씨가 워낙 뛰어나 많은 사람의 입에 오르내렸다고 해요.

김명국은 조선 통신사의 화원으로 두 번이나 일본에 다녀왔어요. 그의 그림을 본 일본 사람들은 그림에 넋을 잃었어요. 그래서 김명국이 일본에 있는 동안 너도나도 김명국의 그림을 받기 위해 안달이었어요. 그때 일본에서 그린 그림 중에 〈달마도〉가 있었어요.

이 그림은 일본에 있던 것을 다시 사 온 것이에요. 우리나라뿐 아니라 동아시아의 〈달마도〉 가운데에서 최고의 걸작으로 꼽히는 명작이에요.

지금부터 김명국의 〈달마도〉를 감상해 볼까요?

짙은 먹이 묻은 붓으로 순식간에 거침없이 그어 내리고 힘차게 꺾어 돌린 옷의 주름을 보세요. 김명국의 호탕한 붓놀림이 그대로 느껴지지 않나요?

달마의 얼굴을 가만히 들여다보세요. 매부리코에 부리부리한 눈, 풍성한 눈썹과 콧수염, 꽉 다문 입, 억세게 뻗어 나간 구레나룻가 마치 산적 같은 느낌을 줄 거예요. 달마는 인도 불교의 28대 교주였어요. 중국으로 건너와 선종 불교의 가르침을 전한 사람이에요. 달마의 모습이 우리나라 사람과 다른 건 그가 인도 사람이기 때문이랍니다.

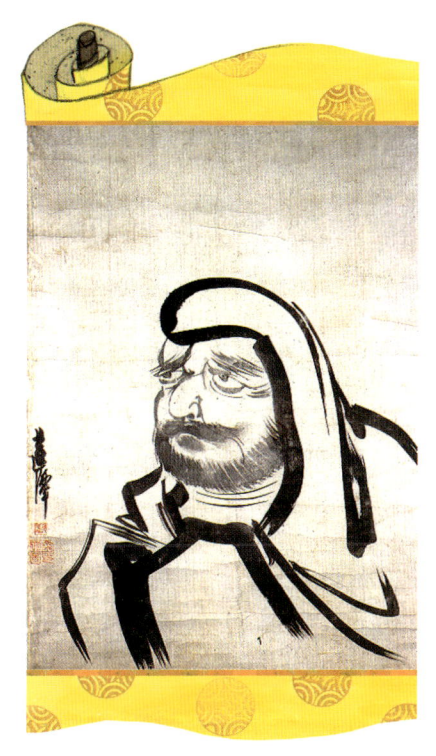

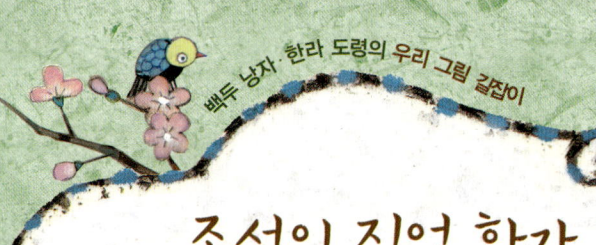

조선의 직업 화가 '화원'

　화원은 나라에서 고용한 직업 화가예요. 그들은 주로 국가 행사를 그린 의궤화나 세화, 지형 실물도, 불화, 초상화 등 나라에서 주문하는 그림을 그렸어요.

　화원의 지위는 매우 낮아서 대개 중인이나 서자 출신이 많았어요. 조선의 양반들이 화원을 얼마나 하찮게 여겼는지를 보여 주는 좋은 일화가 있어요.

　조선 영조 때 조영석이란 사람이 있었는데 과거에 급제한 진사였어요. 어느 날 영조가 그의 그림 솜씨를 알고 불러 선대 임금의 초상을 다시 그리라고 명령했어요.

　"전하, 비록 제가 조정의 신하이나 환쟁이 무리와 자리를 같이하며 양반의 신분을 더럽힐 수 있겠습니까? 저는 전하의 명령을 따를 수 없습니다."

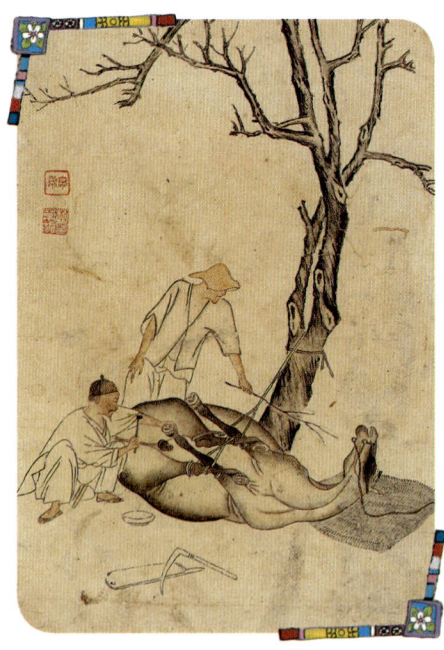

조영석이 그린 〈말 징박기〉예요. 먼 길을 떠나기 전 말굽을 확인하는 모습을 그렸어요.

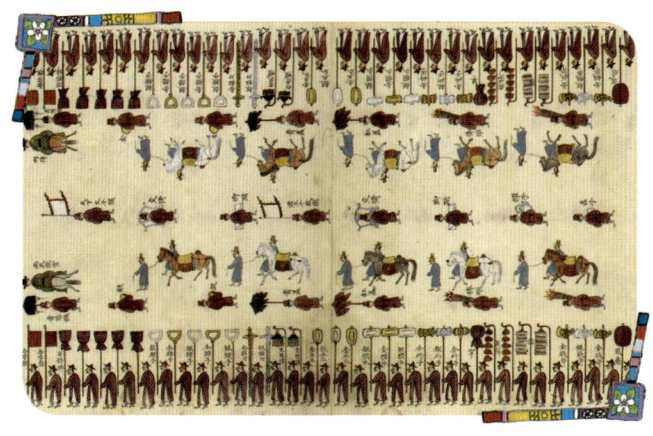

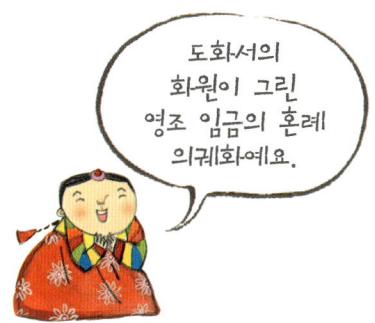

도화서의 화원이 그린 영조 임금의 혼례 의궤화예요.

'환쟁이'란 그림 그리는 사람을 낮추어서 부르는 말이에요. 조영석은 자신은 양반이기 때문에 직업적으로 그림을 그리는 화원들과 똑같은 일을 할 수 없다고 생각해 명령에 따르지 않았답니다.

화원은 이렇게 천대를 받았지만 화원이 쉽게 되는 것이 아니었어요. 과거 시험에 해당하는 '취재'에 응하고 통과해야 했어요. 시험 과목은 죽, 산수, 인물, 영모, 화초 등 다섯 가지였어요.

'죽'은 사군자의 하나인 대나무를 그리는 것이고, '산수'는 산과 물이 어우러진 풍경을 그리는 것이에요. 또 '인물'은 사람의 초상화, '영모'는 새나 짐승을 '화초'는 꽃을 그린 그림을 말해요. 이 가운데에서 두 가지를 골라 그려서 합격해야 도화서에서 일할 수 있을 정도로 화원은 전문직이었답니다.

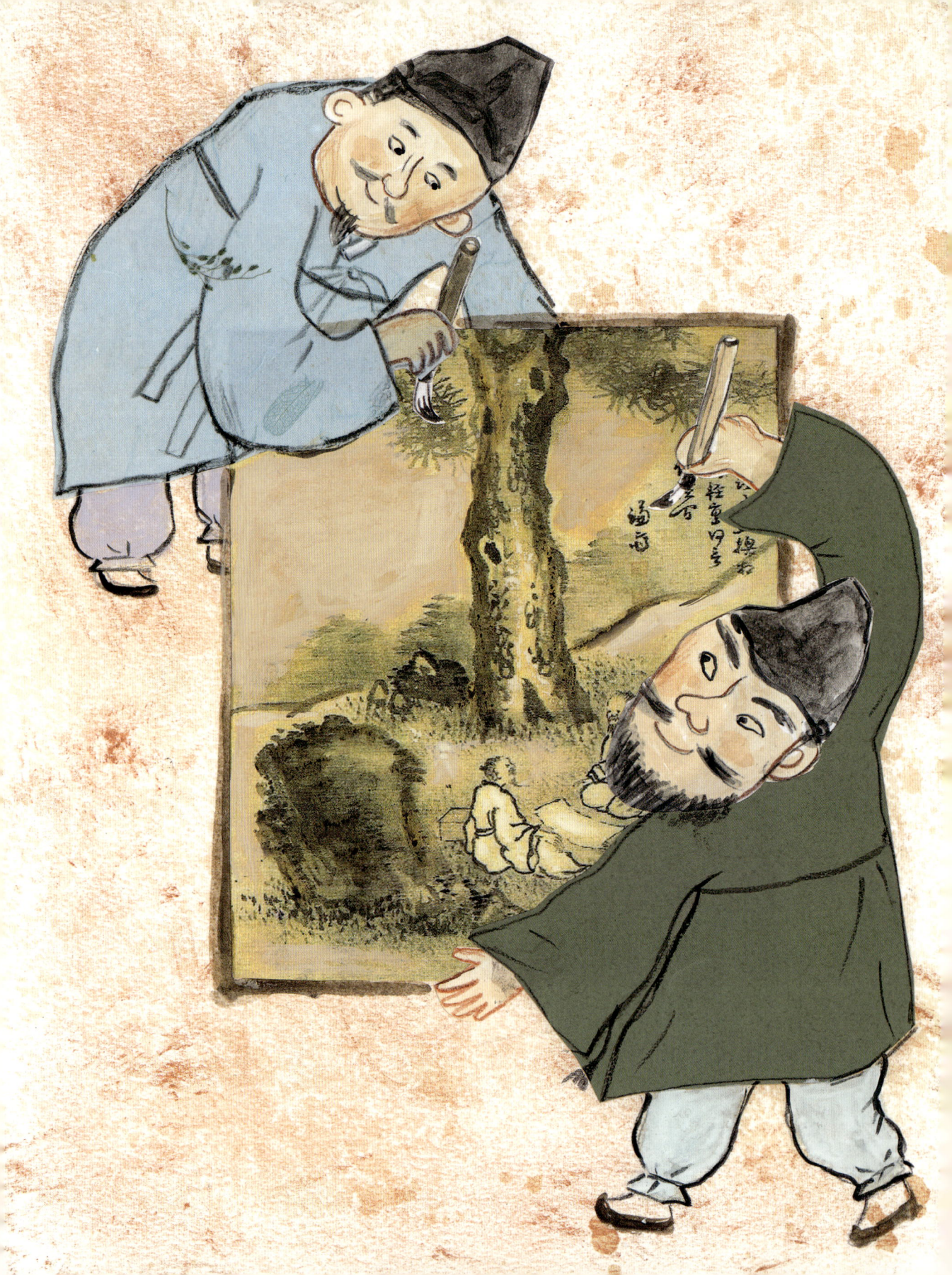

우리 고유의 산수 화풍
〈인왕제색도〉, 〈시화상간도〉

"이렇게 헤어지면 언제 다시 만나려나."

초가을 어느 날, 이병연은 정선의 손을 잡고 아쉬운 이별의 정을 나누었어요. 정선이 양천으로 부임해 가는 길이었거든요.

양천은 서울에서 그리 먼 곳은 아니었어요. 하지만 옛날에는 지금처럼 교통이 발달하지 않아서 오가기가 쉽지 않았지요.

"헤어짐은 만남의 기약이라 하지 않던가? 다시 만날 날이 있을 걸세."

정선도 이병연과의 이별이 아쉽기는 마찬가지였어요.

두 사람은 어릴 적부터 스승 김창흡 밑에서 동문수학한 사이였어요. '동문수학'이란 같은 스승을 모시고 함께 배우고 공부하는 것을 말해요. 이런 까닭에 두 사람은 둘도 없는 친구였으며, 우정 또한 그만큼 깊었어요.

"우리가 비록 자주 만날 수는 없다하더라도 서로의 마음만은 나눌 수 있을 걸세. 내가 시를 적어 보내면 자네는 그림으로 화답하게."

"그것 참 좋은 생각이네. 자네의 시를 받으면 내가 바로 그림을 보내겠네."

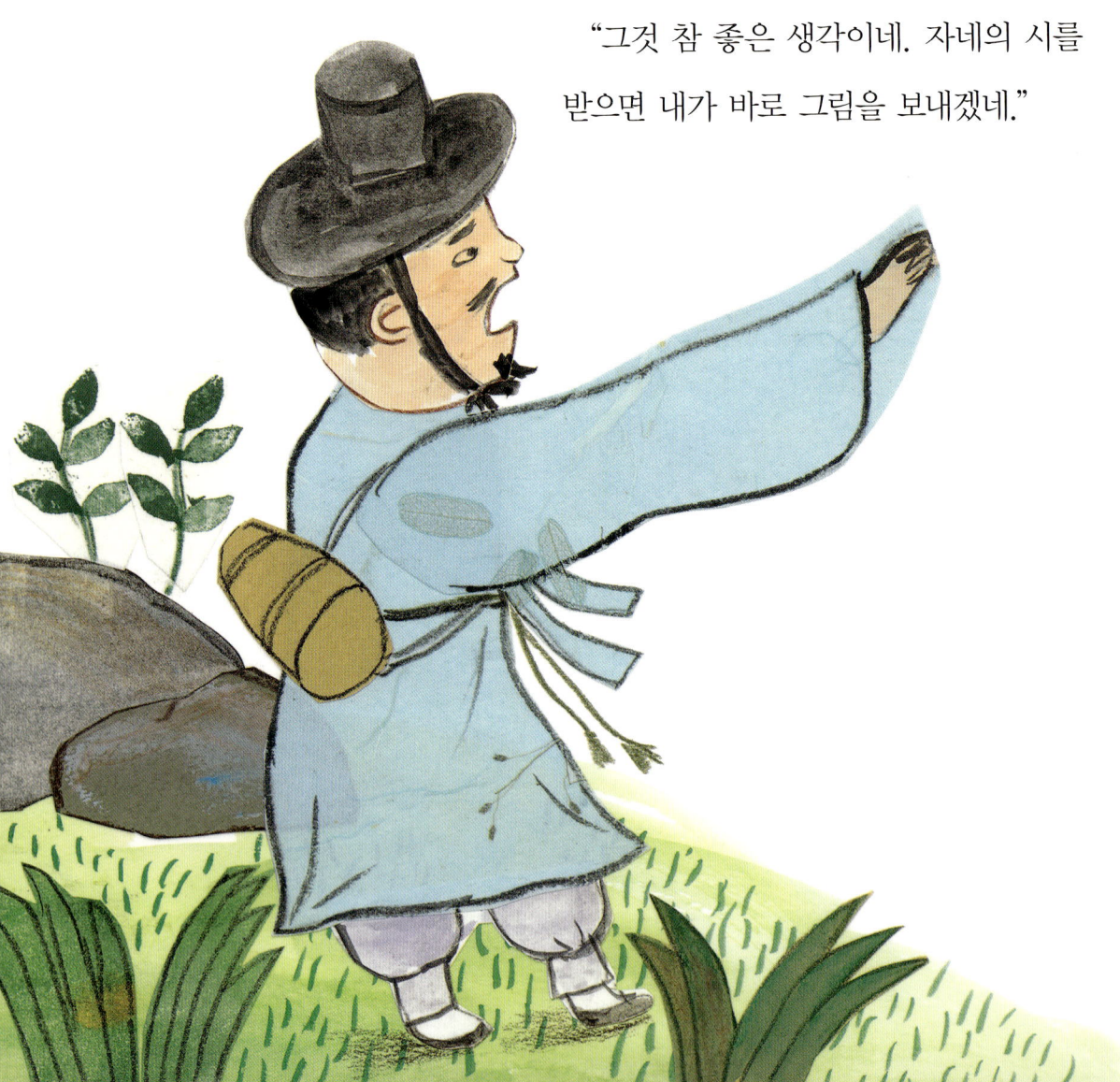

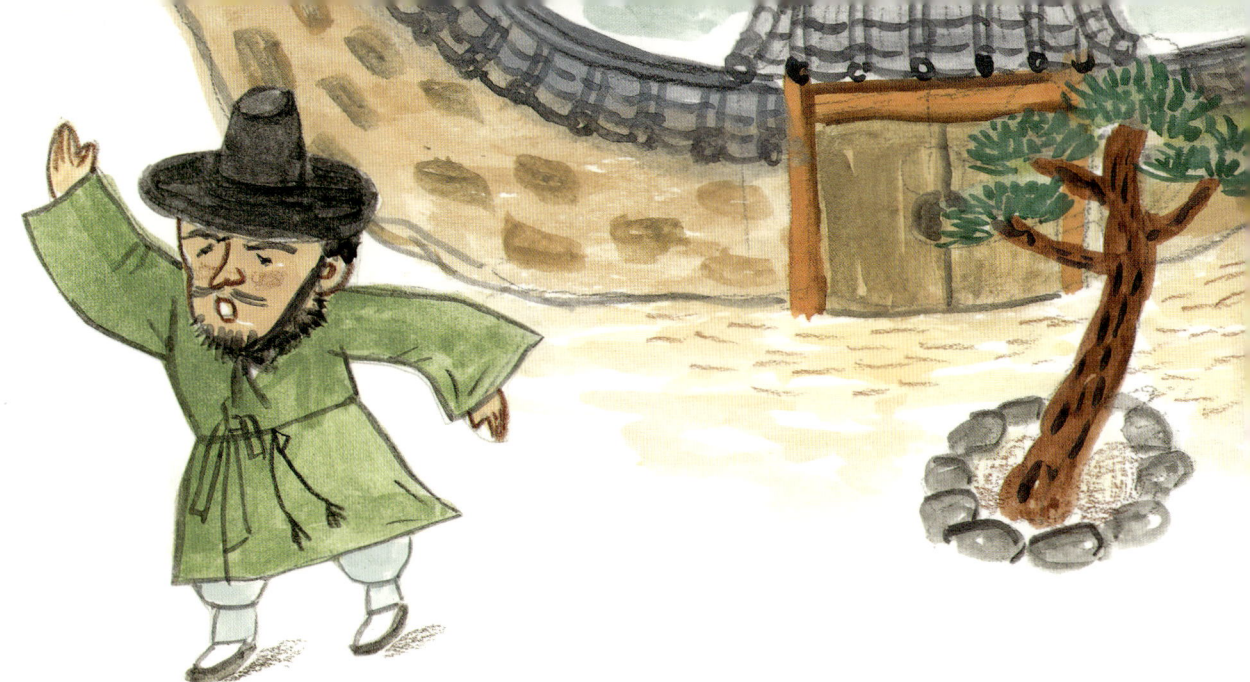

　　정선이 뛰어난 그림 실력으로 한 시대를 이끈 화가라면, 이병연은 만 3천 수가 넘는 한시를 남긴 부지런한 시인이었어요. 둘 다 그림과 시에 있어서는 조선 최고였어요. 두 사람은 서로의 장기인 시와 그림을 주고받으며 우정을 돈독히 했지요.

　　"그럼, 잘 가게. 우리의 약속을 잊지 말게나."

　　두 사람은 굳은 약속을 하고 발길을 돌렸어요.

　　그들은 헤어질 때의 약속처럼 시와 그림을 주고받았어요. 그 과정을 이병연은 아래의 시로 남기기도 했어요.

　　　내 시와 자네 그림을 서로 바꿔 볼 적에

　　　둘 중 어느 것이 더 힘든지 가릴 수 있겠나?

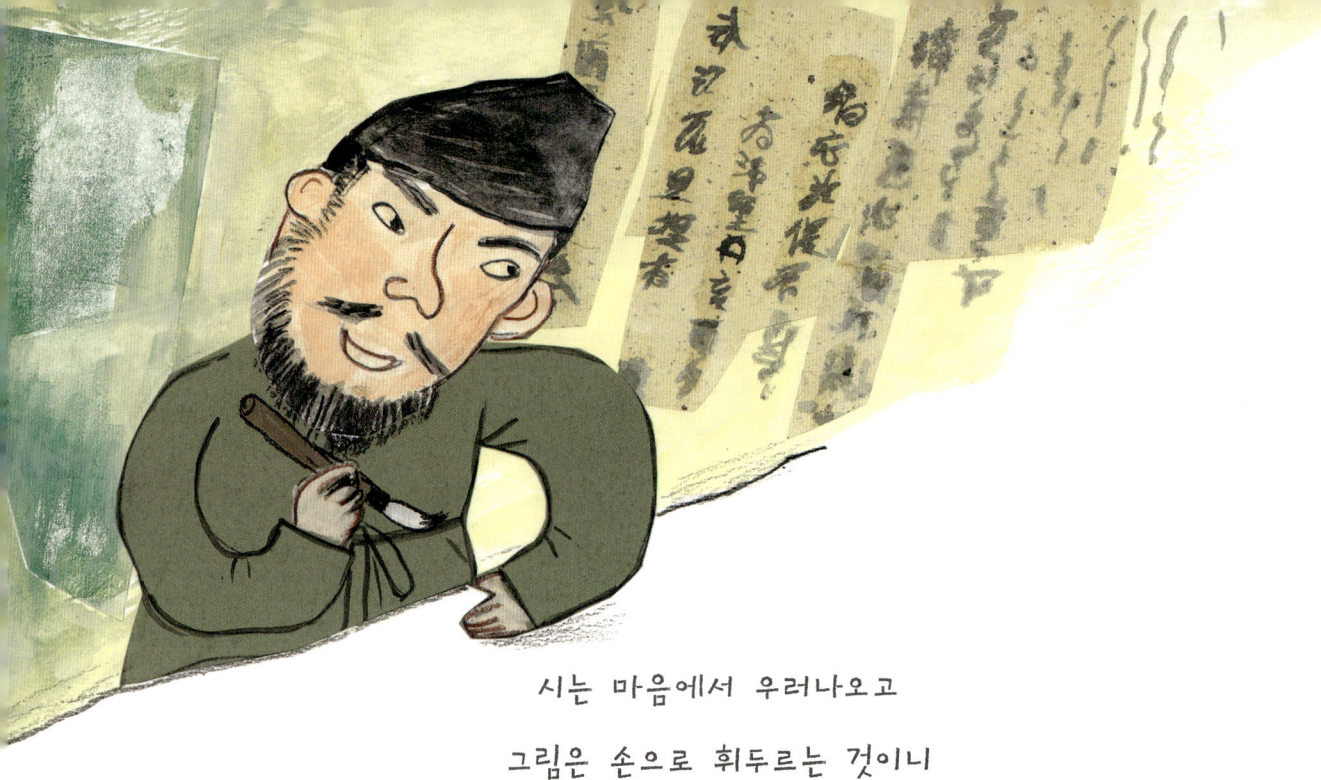

시는 마음에서 우러나오고

그림은 손으로 휘두르는 것이니

어느 것이 쉽고 어느 것이 더 어려운지

나는 모르겠네.

한양에서 이병연이 시를 써 보내면 양천에 있는 정선은 그림으로 화답했어요. 마찬가지로 정선이 그림을 그려 보내면 이병연이 시로 답장을 했지요. 이들의 아름다운 관계는 정선이 양천에 있는 동안 계속되었어요.

그 결과 멋진 시화첩이 만들어졌어요. '시화첩'이란 그림을 책처럼 엮은 것을 말해요. 정선의 그림에 이병연의 시가 어우러진 이 화첩이 《경교명승첩》이에요. '경교명승첩'은 서울 근처의 경치 좋은 명승지를 옮겨 담은 그림집이란 뜻이지요. 여기에는 서른 세 폭의 그림이 있는데, 한강 일대의 아름다운 풍경이 고스란히 담겨 있어요. 그 가운데에서 특히 눈길을 끄는 것은 〈시화상간도〉라는 작품이에요.

정선의 그림에 이병연의 한시 두 구절을 적고, 옆에다 '천금물전(千金勿傳)'이란 도장을 찍었어요. 천금물전은 큰돈을 준다고 해도 남에게 절대 넘기지 말라는 뜻이지요. 그저 두 노인이 앉아 있는 평범한 그림 같지만, 여기에는 두 사람의 깊은 우정이 스며 있어요.

그림을 잘 보면 가운데에 늙은 소나무 밑동이 있고, 두 노인이

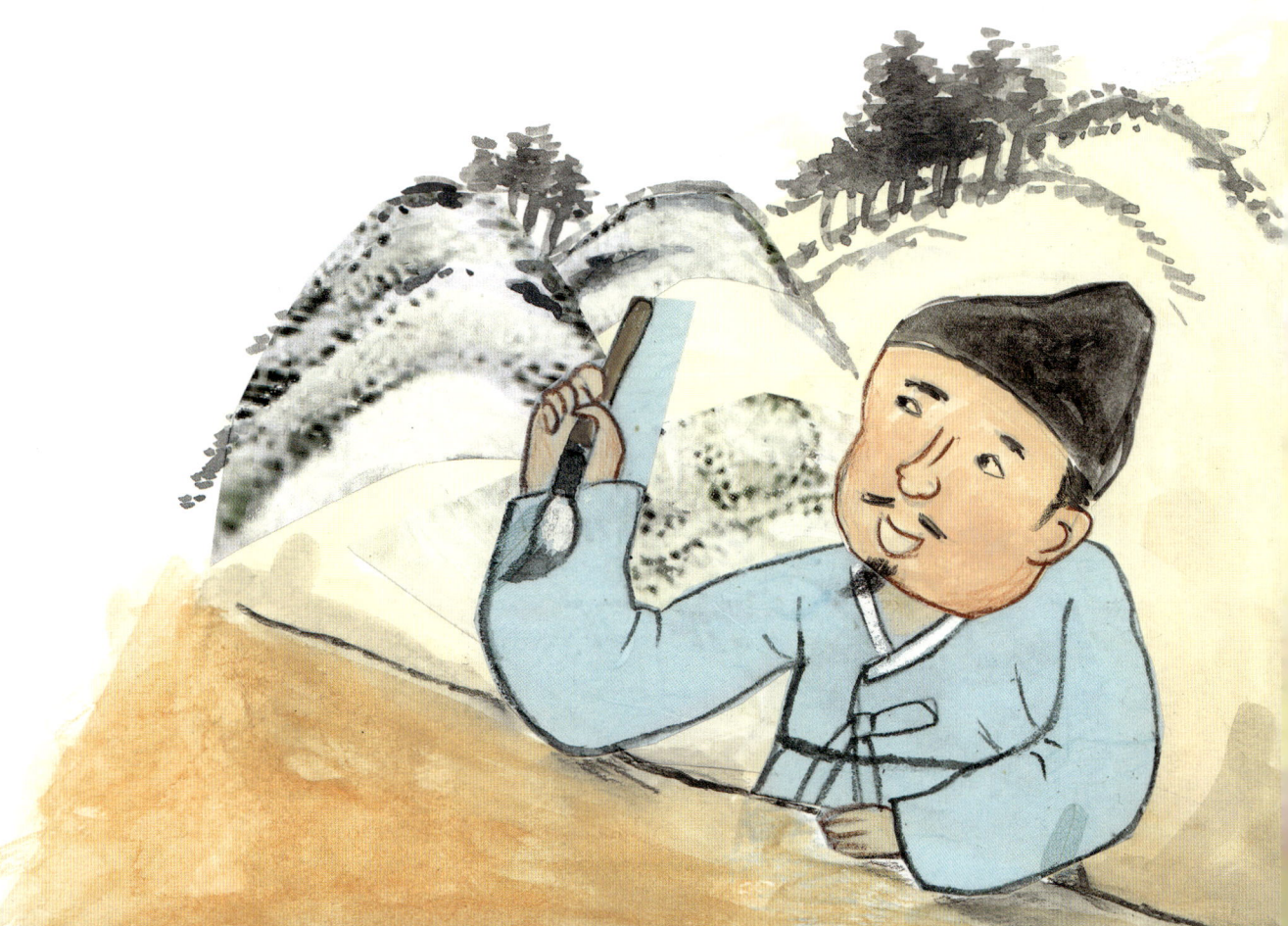

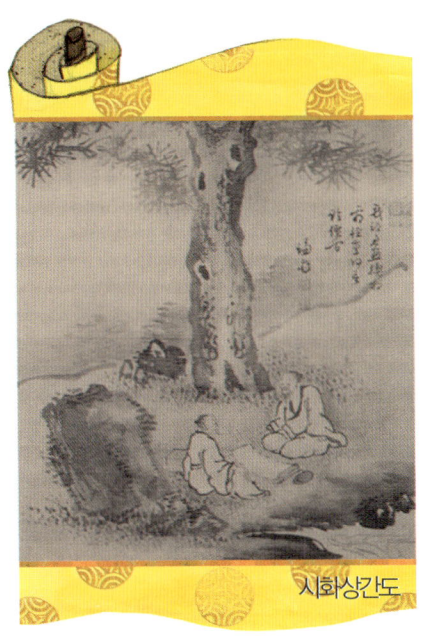
시화상간도

앉아 있어요. 왼쪽에 바위를 등지고 앉은 이는 바로 정선 자신을 그린 거예요. 덩치가 작고 아담한 몸집이지요.

그에 비해 몸집이 크고 단단해 보이는 사람이 이병연이에요. 기록에 따르면 이병연은 키가 크고 수염이 훌륭했으며, 용모가 우람하고 위엄이 있었다고 해요. 펼친 종이를 사이에 두고 두 사람은 이야기를 나누고 있어요. 헤어질 때의 약속처럼 시와 그림을 바꿔 보자는 이야기를 하고 있는 게 아닐까요?

세월이 흘러 두 사람이 노인이 되었어도 우정은 변함이 없었어요. 하지만 세월의 힘은 그들을 갈라 놓으려 했어요. 이병연이 병이나 자리에 누운 것이지요.

"이놈의 비가 어찌 이리 많이 온담!"

날씨가 궂어 비가 그칠 날이 없던 어느 날, 정선은 친구 문병을 갔어요.

"이 사람아, 어서 기운을 차려 일어나야지."

정선은 이병연의 손을 잡고 따뜻한 말로 친구의 마음을 어루만졌어요.

"사람이 한 번 나면 죽는 건 자연의 이치 아닌가. 나는 머지않아 저 세상으로 갈 모양이네."

이병연은 고개를 저으며 힘없이 말했어요.

"그런 나약한 소리 말게. 약을 먹으면 곧 나아질 걸세."

정선은 친구를 위로하며 옷소매로 눈물을 훔쳤어요. 그도 친구의 죽음이 가까워지는 것을 느끼고 있었던 거예요. 하늘도 이들의 슬픔을 알았는지 계속 비를 내렸어요. 정선은 하염없이 내리는 빗줄기를 보며 울적한 마음을 달랬지요.

보름 이상 오락가락하던 비가 마침내 활짝 개었어요. 정선은 기다렸다는 듯이 하인을 불렀어요.

"어서 붓과 종이를 준비하거라!"

하인이 붓과 종이를 가져오자 정선은 그림을 그리기 시작했어요. 지루한 장마 끝에 맑게 갠 하늘은 눈이 시리도록 아름다웠지요. 산 위로 뭉게뭉게 피어오르는 안개구름은 그동안 마음속에 응어리져 있던 근심을 모조리 앗아 가는 듯 했어요.

'이 그림을 정성으로 완성하면 내 마음이 하늘에 닿아 친구가

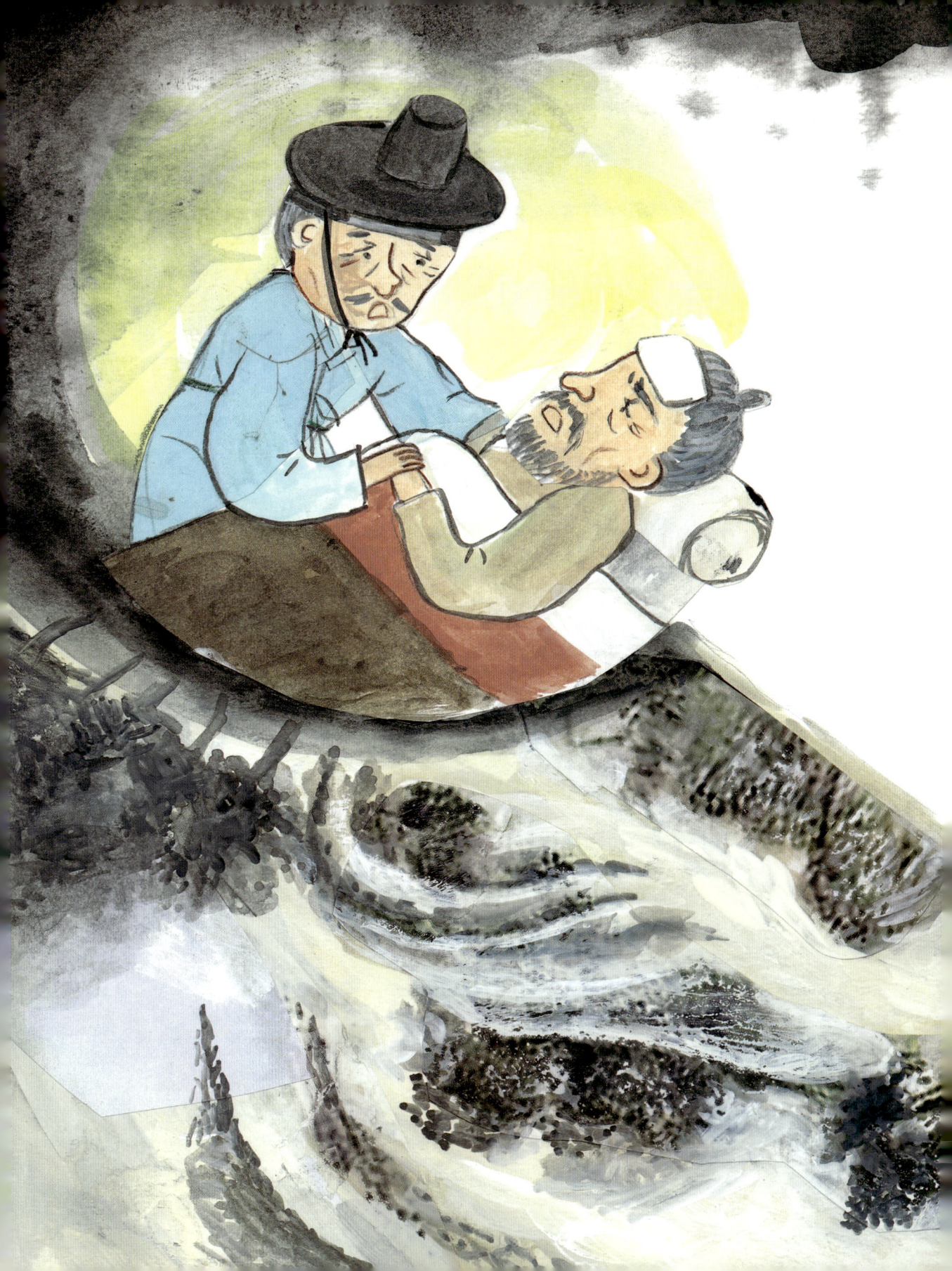

병을 털고 일어날지도 몰라.'

정선은 혼신의 힘을 다해 그림을 그리기 시작했어요. 이 그림이 정선의 대표작으로 불리는 〈인왕제색도〉예요. 친구의 병이 낫기를 기원하는 정선의 아름다운 마음씨가 깃든 까닭인지 그림은 보는 이의 마음을 감동시켰어요.

〈인왕제색도〉는 인왕산에 큰비가 온 끝에 비가 개는 순간을 포

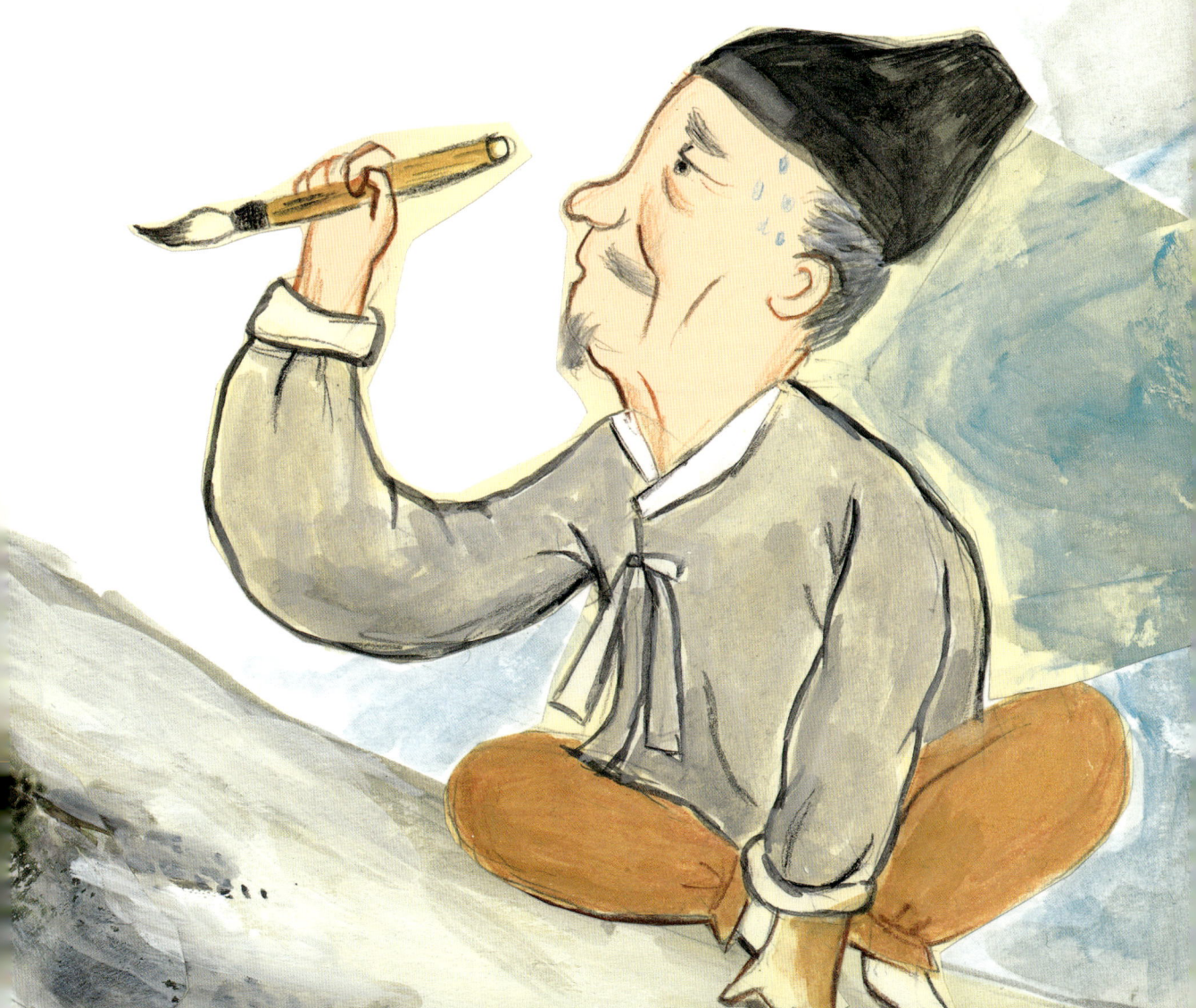

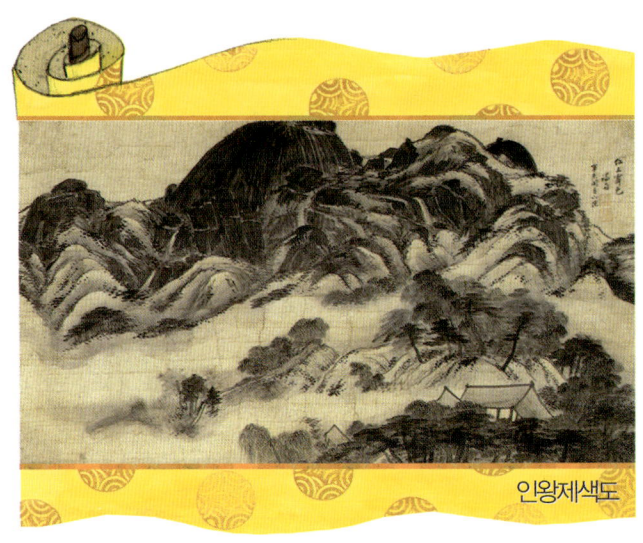

인왕제색도

착해서 그린 작품이에요.

인왕산은 경복궁을 오른쪽에서 감싸고 있는 나지막한 산이에요. 높이는 338미터로 낮지만 온통 화강암으로 덮여있어 장엄한 볼거리를 만들어 주고 있어요. 이런 까닭에 평소 인왕산에는 물이 흐르지 않아요.

그런데 그림을 자세히 보면 시원스런 폭포가 세 줄기나 그려져 있어요. 이것은 오랫동안 내린 비가 만들어 낸 것이지요.

화면 아래쪽부터 자욱이 피어오르는 물안개가 길게 띠를 이루면서 위로 올라가는 것 또한 마찬가지랍니다.

화면 오른쪽 아래에 보이는 기와집은 정선이 친구 이병연의 집을 그린 거예요. 기와지붕은 빗물에 씻겨 맑고 산뜻한 느낌을 주고 있어요. 친구의 병이 낫기를 바라는 마음에서 이렇게 그린 거예요.

그림 위쪽으로는 바가지를 엎어 놓은 듯 한 거대한 바윗덩이가 보여요. 하얀 화강암 덩어리를 검고 묵직한 느낌이 나도록 짙은 먹으로 표현했는데, 여기서 정선의 개성을 찾아볼 수 있어요.

정선은 진경산수화를 개척한 화가로 잘 알려져 있어요. 당시 우리나라 화가들은 중국 산수화의 영향을 많이 받았어요. 그래서 우리나라에는 없는 상상 속의 산수풍경을 그리곤 했어요. 그러나 정선은 달랐어요. 그는 막연히 머릿속으로 생각하는 중국의 산수화를 버렸어요. 우리나라에 있는 산과 물을 소재로 그림을 그렸어요. 그 덕분에 독창적이고 개성 있는 화풍이 느껴지는 한국 산수화의 새로운 길을 열었답니다.

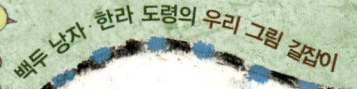

기품이 배어나는 문인화

조선 시대 사대부들이 그린 그림을 '문인화'라고 해요. 사대부들은 전문적인 직업 화가가 아니었기 때문에 화원들이 그린 그림과 달랐어요.

문인화는 색을 입히지 않고 먹으로만 그림을 그렸어요. 또한 사물의 형태를 꼼꼼하게 그리기보다는 마음속의 생각을 표현하는 데 치중했어요. 그래서 그림을 평가할 때도 그림에서 풍기는 기품을 중요하게 여겼지요.

그들은 학문과 인격이 높아지면 그 사람의 글씨나 그림에 학식과 인격이 자연스럽게 배어나온다고 생각했어요. 옛날 선비들은 이것을 '문자향'이라 불렀어요. 책이나 글을 많이 읽어 학식을 쌓으면 그림에서도 향기가 배어난다는 것을 표현한 말이지요.

내가 그린 〈고사소요〉란다. '뜻 높은 선비가 길을 거닌다.'라는 뜻이야.

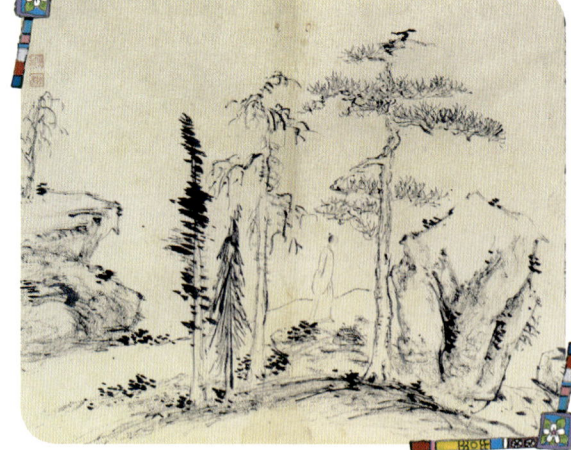

김정희

그래서 그들은 매화, 난초, 대나무, 국화 등 사군자나 산수화를 주로 그렸어요. 선비를 자연의 고결한 모습에 비유하고, 이를 통해 인격을 수양하려는 생각에서였지요.

사대부들은 종종 문인화를 그리거나 시를 짓는 모임을 통해 실력을 뽐내기도 했어요. 그러면서 화원이나 떠돌이 화가가 그리는 그림을 천하고 속된 것으로 여겼지요.

오늘날 우리에게 높은 평가받는 김홍도의 풍속화를 추사 김정희가 속된 그림이라며 탐탁지 않아 한 것도 바로 그런 이유 때문이었지요.

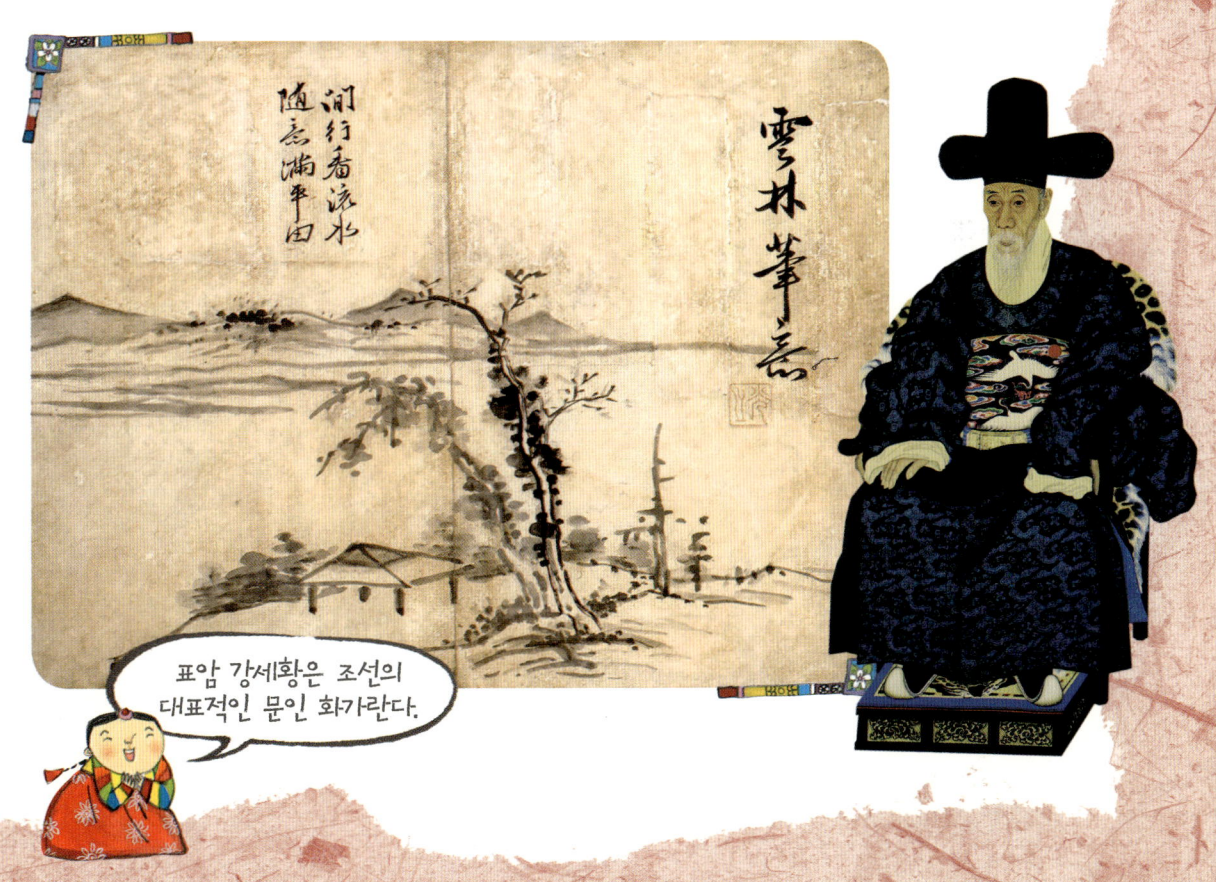

표암 강세황은 조선의 대표적인 문인 화가란다.

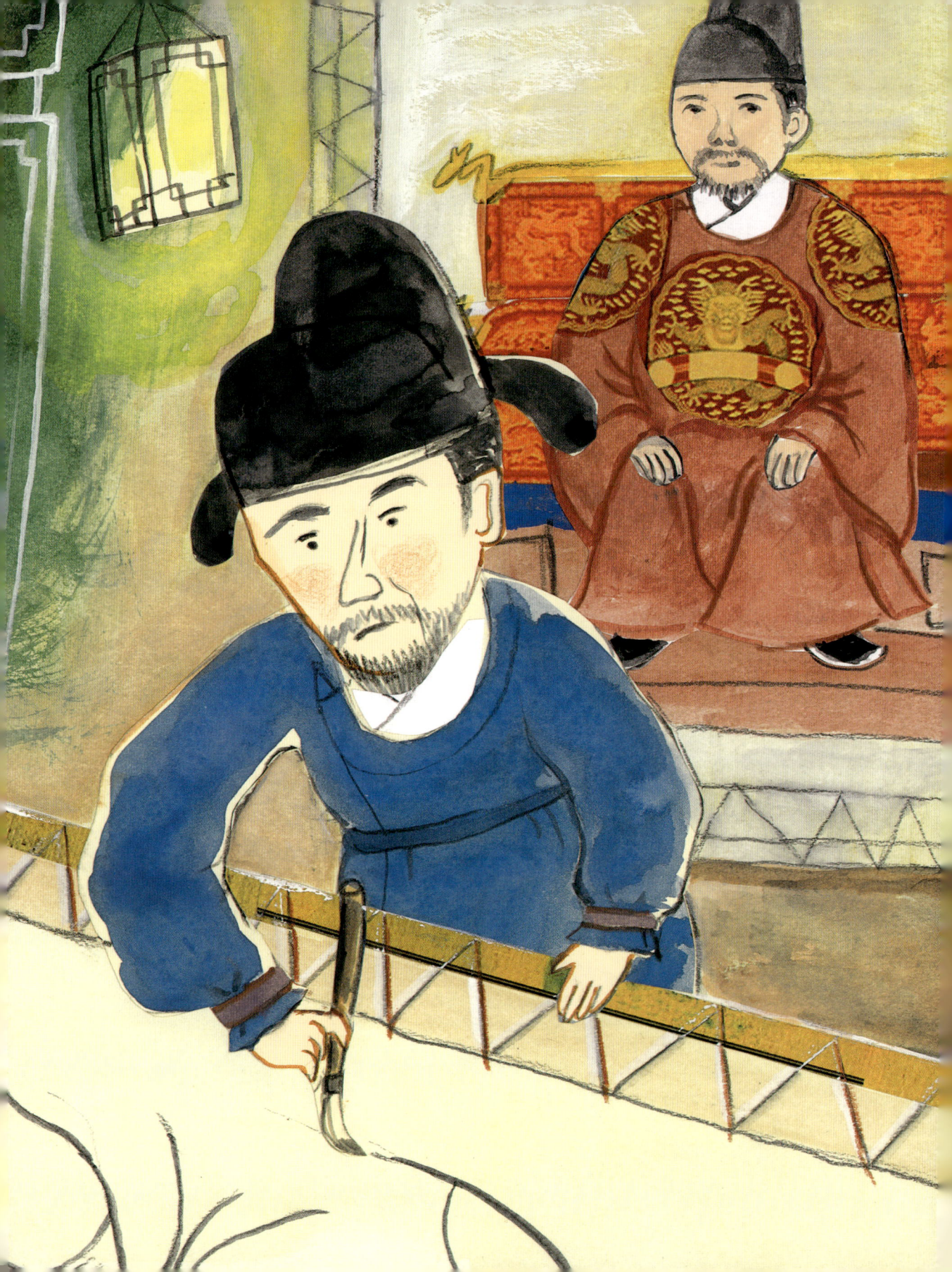

생활을 알 수 있는 풍속화
<씨름>, <해상군선도>

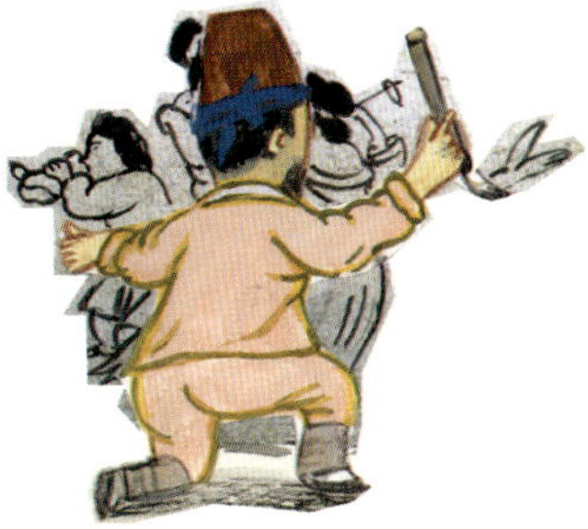

"어서 가서 김홍도를 불러오너라!"

정조 임금의 부름에 김홍도가 한달음에 달려왔어요.

"그대를 부른 것은 궁궐 벽에 멋진 그림을 그렸으면 해서요."

"소신이 재주는 없사오나 성심껏 그려 보겠습니다."

궁궐을 나온 김홍도는 며칠 동안 집에 틀어박혀 꼼짝도 하지 않았어요. 어떤 그림을 그릴지 깊은 생각에 잠겼거든요. 주위 사람들은 근심 어린 얼굴로 김홍도를 바라봤어요.

"자네 명령을 받은지가 언젠데 붓 한 번 들지 않나?"

"천천히 그리면 되네."

"허허, 천천히 그리다니, 그 넓은 벽에 그림을 그리자면 하루 이틀로는 어림도 없을 텐데 어찌 그리 태평한가?"

주위 사람들의 걱정에도 김홍도는 여전히 그림 그릴 생각을 하지 않았어요.

임금님은 하루라도 빨리 김홍도의 그림을 보고 싶어 신하들에게 물었어요.

"그림이 어느 정도 완성되었소?"

"말씀 드리기 황공하오나 아직 시작도 하지 않은 줄로 아옵니다."

임금님은 가만히 고개를 끄덕였어요. 신하들은 임금님이 화를 낼까 조마조마했어요. 그래서 김홍도를 보기만 하면 그림을 빨리 그리라고 성화를 부렸어요.

그러던 어느 날, 궁궐에 들어온 김홍도는 내관을 찾았어요. 임금님은 김홍도가 그림을 그릴 때 옆에

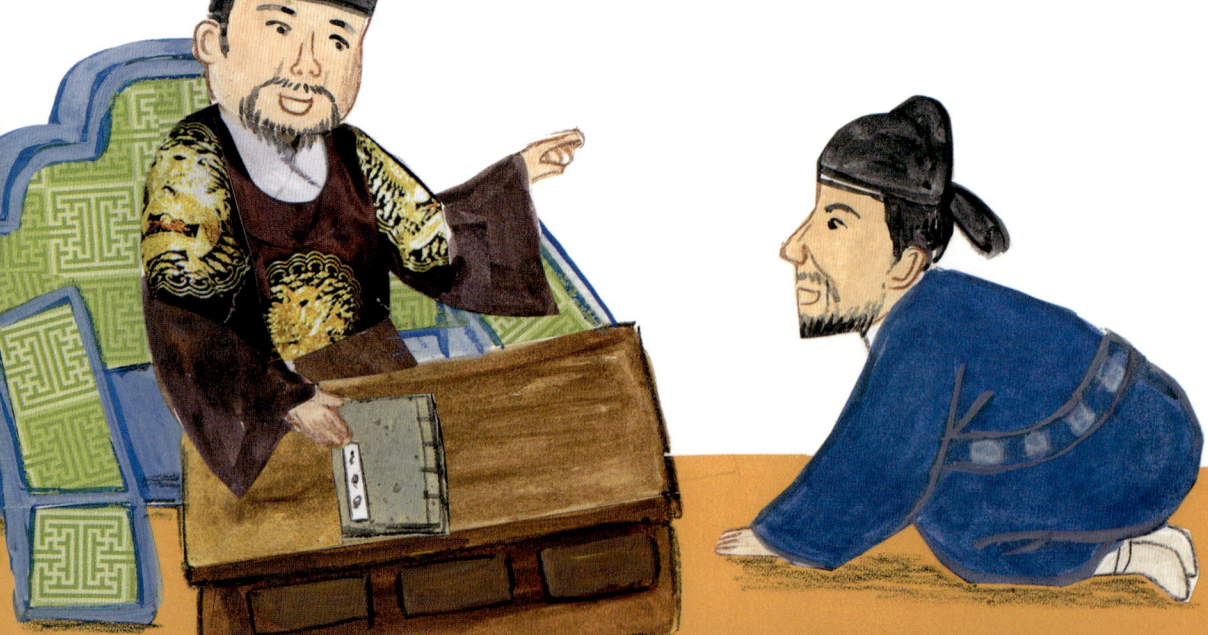

서 돕도록 내관 몇 명을 붙여 주었거든요.

"어서 먹물을 갈아 오시오!"

김홍도의 말에 내관들은 벼루 가득 먹물을 갈아 왔어요. 그런데 이를 본 김홍도가 눈살을 찌푸리며 소리쳤어요.

"그걸로 어떻게 그림을 그린단 말이오? 다른 사람은 그것으로 충분할지 모르나 내겐 어림없소. 가서 먹물을 서너 되쯤 갈아 오시오."

김홍도의 말에 내관들은 기가 막혔어요. 도대체 그렇게 많은 먹물을 어쩔 셈인지 짐작할

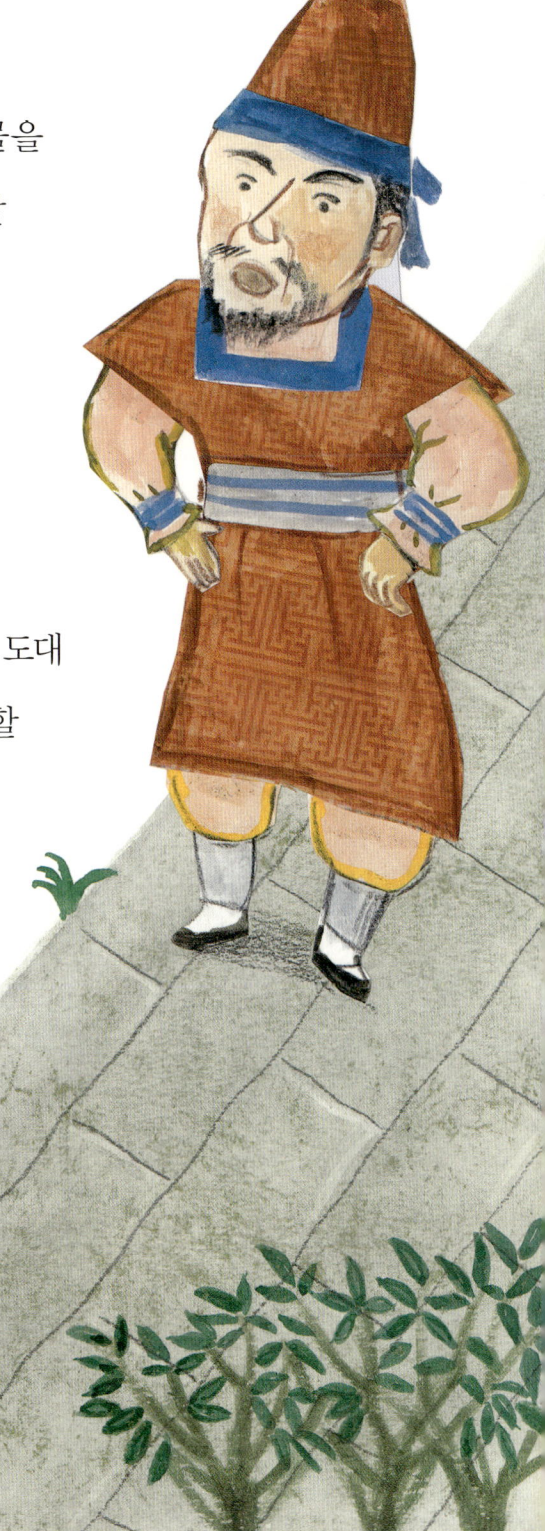

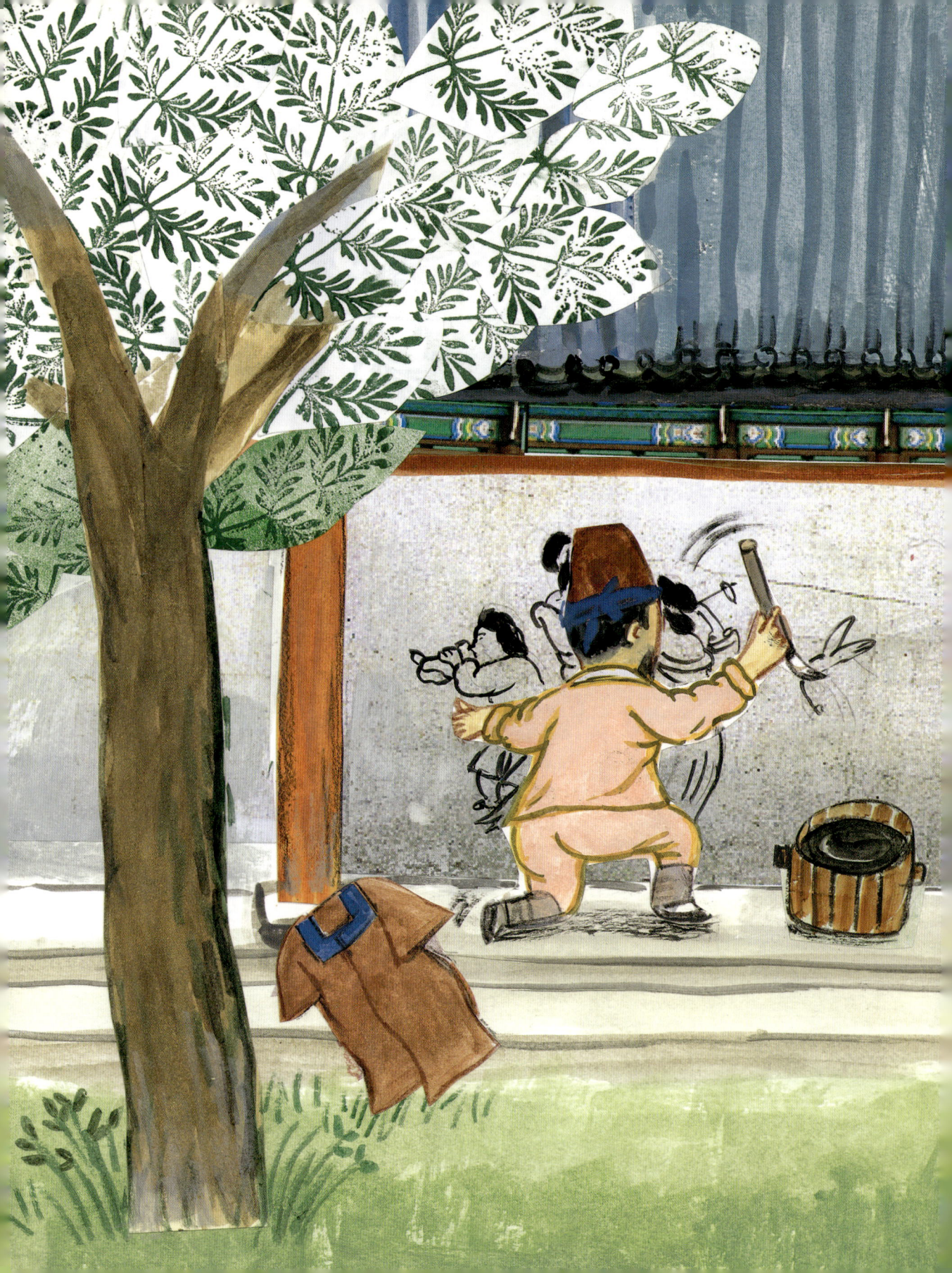

수가 없었어요.

"체, 이 많은 먹물로 목욕이라도 할 셈인가?"

"그러게 말이야. 목욕을 하든 밥을 말아 먹든, 두고 보면 알겠지!"

내관들은 먹을 가는 내내 뾰로통한 얼굴로 투덜거렸어요.

이윽고 내관들은 먹물이 가득 찬 나무통을 낑낑대며 가져왔어요.

김홍도는 먹물이 가득한 나무통을 보며 흡족한 얼굴로 고개를 끄덕였어요. 그러더니 두루마기를 벗어 옆에 걸쳐 놓고, 소매를 걷어붙였어요. 붓을 든 김홍도는 마치 신들린 사람처럼 넓은 벽에 그림을 그리기 시작했어요. 붓의 움직임에 따라 바다와 구름, 신선들의 모습이 차례로 나타났어요.

이를 지켜보던 내관들은 혀를 내둘렀어요.

"정말 대단하군. 아무렇게나 붓을 놀리는 것 같은데도 그림이 살아 움직이는군."

"신이 내린 솜씨야. 그림을 보고 있으려니 마치 내가 신선이 된 것 같아."

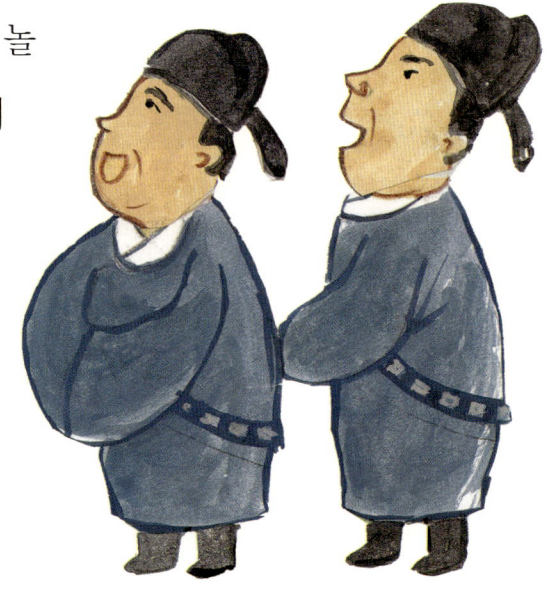

김홍도의 손길은 거침없었어요. 마치 바탕에 밑그림이 그려져 있고, 그 위에 덧칠을 하는 것 같았지요. 얼마 지나지 않아 나무통의 먹물이 바닥을 드러냈고, 벽에는 훌륭한 그림이 완성되었지요. 출렁이는 파도 위로 신선들이 구름을 타고 오르는 듯 한 웅장한 그림이었어요. 김홍도의 대표작 가운데 하나인 〈해상군선도〉는 이렇게 해서 태어났어요. '해상군선도'는 바다 위에 떠 있는 여러 신선을 그린 그림이란 뜻이지요.

　　김홍도는 우리에게 아주 잘 알려진 조선시대 풍속 화가예요.

　　당시 조선에는 그림을 맡아보는 도화서라는 관청이 따로 있었어요. 화원은 도화서에 소속되어 나라에서 필요한 그림을 그리는 사람이에요. 화원이 되기위해서는 그림 실력이 뛰어나고 '취재'라는 과거를 보고 합격해야 해요.

　　하지만 김홍도는 당시 최고의 문인 화가였던 강세황의 눈에 띄어 단박에 도화서 화원이 되었어요. 강세황 밑에서 실력을 쌓은 김홍도는 29살에 정조의 초상을 그리기 시작했어요.

　　뿐만 아니라 임금의 비밀 명령을 받고 일본의 섬에 몰래 들어가 산세를 그리기도 하고, 금강산의 경관을 그리기도 했어요.

　　김홍도는 여러 방면에서 뛰어난 화가였지만, 그중에서도 풍속화를 아주 잘 그렸어요.

김홍도의 〈씨름〉을 보고 있으면 우리 조상들의 생활 풍속이 한눈에 느껴져요. 두 씨름꾼을 중심으로 주변의 구경꾼들이 둘러 앉아 있지요. 그런데 재미있는 것은 구경꾼들의 얼굴 표정이 모두 다르다는 거예요. 어떤 사람은 좋아라 입을 벌린 채 앞으로 몸을 기울이

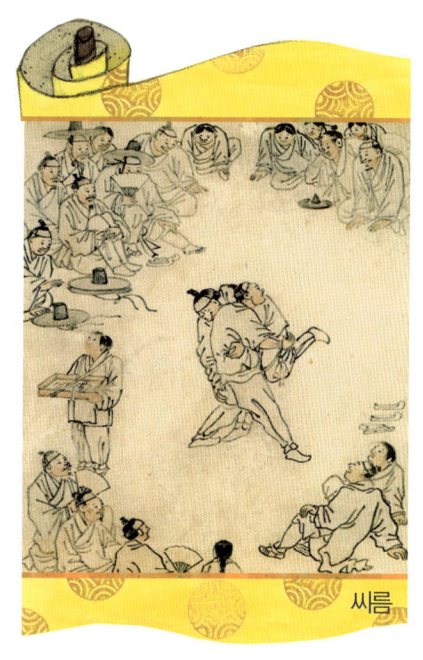

씨름

고 있고, 비스듬히 누운 채 여유 있는 표정을 짓고 있는 사람도 있어요. 큰 갓을 쓴 노인은 점잖은 얼굴로 지켜보고 있고, 부채로 얼굴을 가린 선비는 수줍어하는 모습이에요. 씨름꾼과 등을 진채 엿을 팔고 있는 아이를 보면 '엿 사세요!' 하는 소리가 들리는 듯하지요?

두 씨름꾼은 상대를 넘어뜨리기 위해 안간힘을 쓰고 있어요. 왼쪽의 씨름꾼이 배지기로 상대를 든 채, 다음 순간 바닥에 메다꽂을 것처럼 보여요. 두 사람의 대비되는 표정 또한 볼 만하답니다.

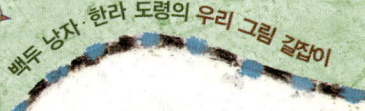

조선의 사랑을 그린 신윤복

혜원 신윤복은 김홍도, 김득신과 더불어 조선의 3대 풍속 화가로 손꼽혀요. 신윤복의 삶에 대해서는 알려진 바가 거의 없어요. 다만 아버지가 도화서 화원인 신한평이라는 것이 알려져 있을 뿐이지요.

신윤복은 김홍도보다 나이가 어려서 그의 풍속화에서 많은 영향을 받았어요. 그러나 그림의 소재나 기법 면에서 김홍도와 차이를 보이고 있어요.

김홍도가 서민의 풍속을 즐겨 그렸다면 신윤복은 양반들의 풍류 생활과 아녀자의 모습을 자주 그렸어요. 김홍도가 간결한 선을 이용해 형태를 단순화시켰다면 신윤복은 가늘고 세련된 필치로 섬세하게 그렸어요. 원색을 과감히 사용한 그의 그림은 색채가 산뜻하고 또렷한 맛을 풍기지요.

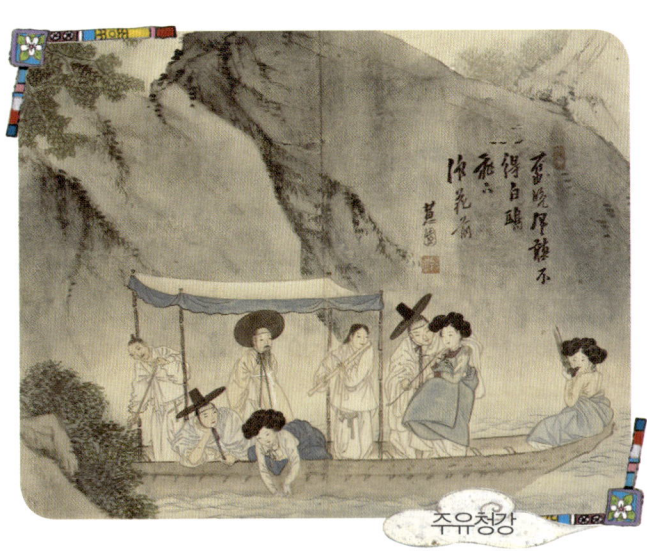

주유청강

특히 신윤복은 유교가 지배하고 있던 사회였음에도 불구하고, 한량과 기녀들을 주인공으로 남녀의 사랑을 소재로 많은 그림을 남겼어요.

대표작으로는 〈단오풍정〉이 있어요. 옛날에는 단오(음력 5월 5일)가 큰 명절이었지요. 단오에는 여인들이 창포에 머리를 감고, 그네뛰기를 했는데 그림 속에 그러한 장면이 잘 나타나 있어요. 이 그림에서 재미있는 것은 화면 왼쪽 위의 두 동자승이에요. 아낙들이 머리 감는 모습을 훔쳐보는 두 동자승의 익살맞은 표정이 그림을 더욱 돋보이고 생동감 있게 하지요.

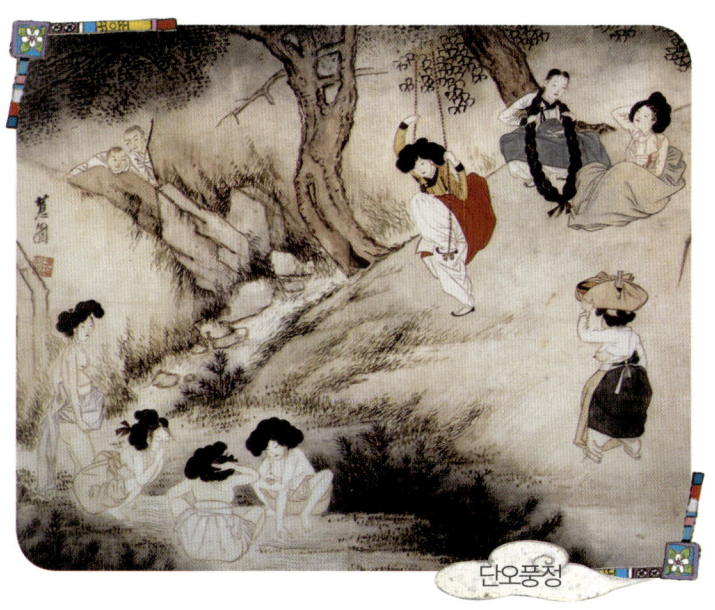

단오풍정

이 그림은 《혜원전신첩》이라는 신윤복의 풍속화집에 들어있어요.

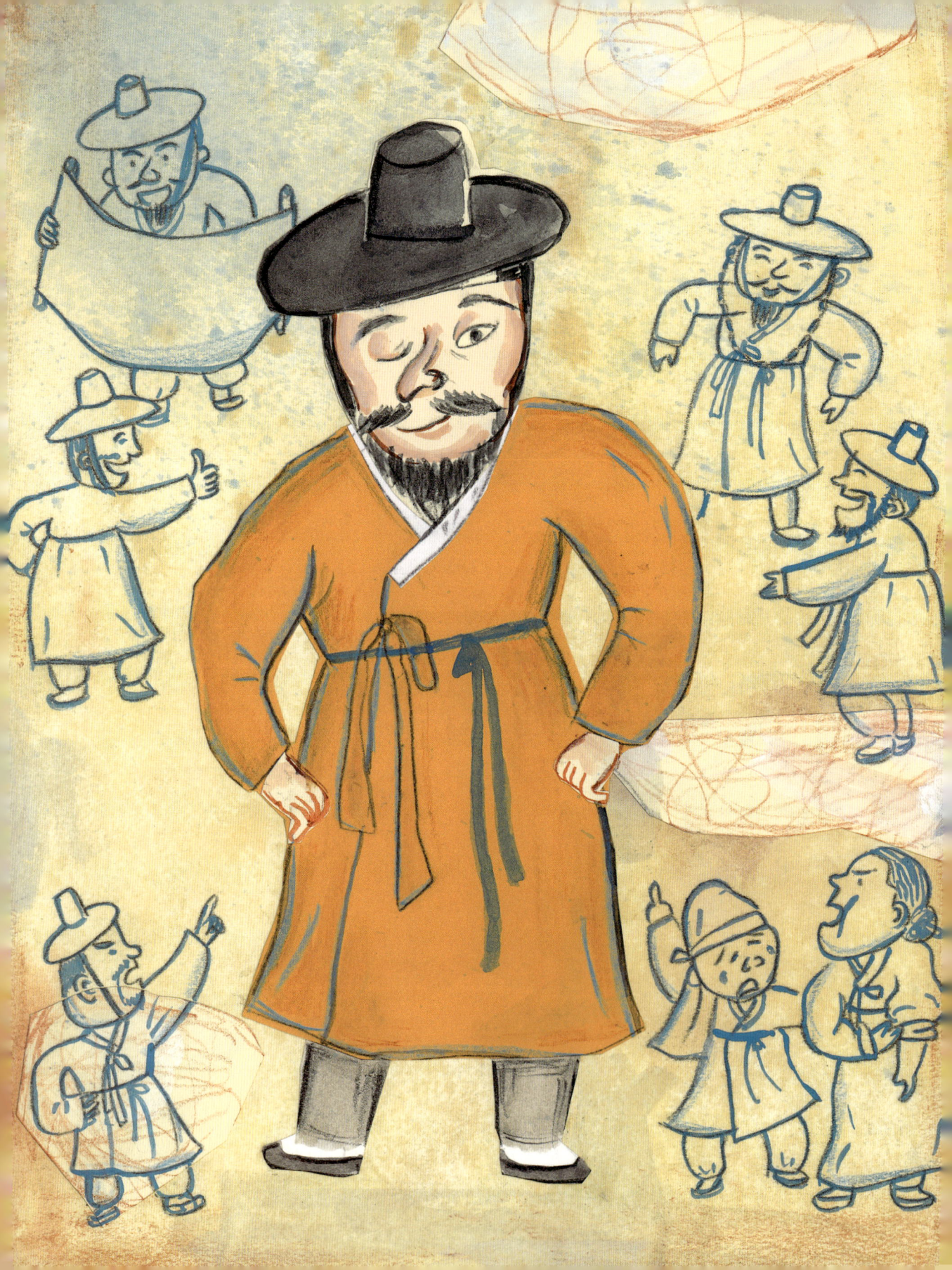

뛰어난 붓 솜씨
〈표훈사도〉

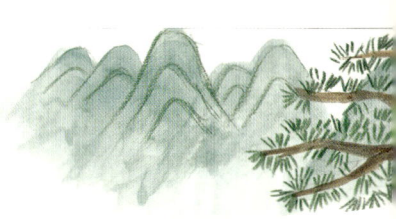

"정말 굉장하군!"

조선 후기의 화가 최북은 친한 사람들과 금강산을 유람하기로 했어요. 이곳저곳을 구경하던 최북 일행은 이윽고 구룡연에 도착했지요.

구룡연에 들어서자 벼락이 치는 듯 요란한 소리와 함께 커다란 폭포가 눈에 들어왔어요. 모두들 한 폭의 산수화 같은 그 장엄한 모습에 넋을 잃었어요.

"저게 그 유명한 구룡 폭포야. 설악산의 대승 폭포, 개성 대흥산의 박연 폭포와 함께 우리나라 3대 폭포라네. 동양에서도 손꼽히는 크고 아름다운 폭포지."

일행 중 금강산을 잘 아는 사람이 구룡 폭포에 대해 설명을 늘어놓았어요.

구룡 폭포는 높다란 벼랑 꼭대기에서 수정처럼 맑은 물이 기운차게 내리꽂혔어요. 서늘한 회오리바람과 함께 뽀얀 물안개를 피우는 모양은 마치 용이 춤을 추며 하늘로 오르는 듯했어요.

"이런 폭포라면 뭔가 전설이 있을 법하군."

누군가 혼잣말로 중얼거렸어요.

그러자 일행 중 누군가가 폭포 아래쪽의 구룡연을 가리키며 설명을 계속했어요.

"있다마다. 저기 구룡연 속에 옛날 금강산을 지키는 아홉 마리 용이 살았지. 구룡 폭포라는 말도 거기서 비롯되었거든. 옛날 인도에서 53명의 부처가 조선의 금강산이 천하에 둘도 없는 신비한 명산이란 소문을 듣고 찾아왔지. 이 소식을 듣고 아홉 마리의 용이 구룡연에서 잠을 자다가 화를 내며 달려왔다는구먼."

일행은 모두 그 사람의 말에 빠져들었어요.

"멀리서 찾아온 부처에게 왜 그런 것인가?"

"주인의 허락도 없이 신성한 금강산에 발을 들여놓아 화가 난 거

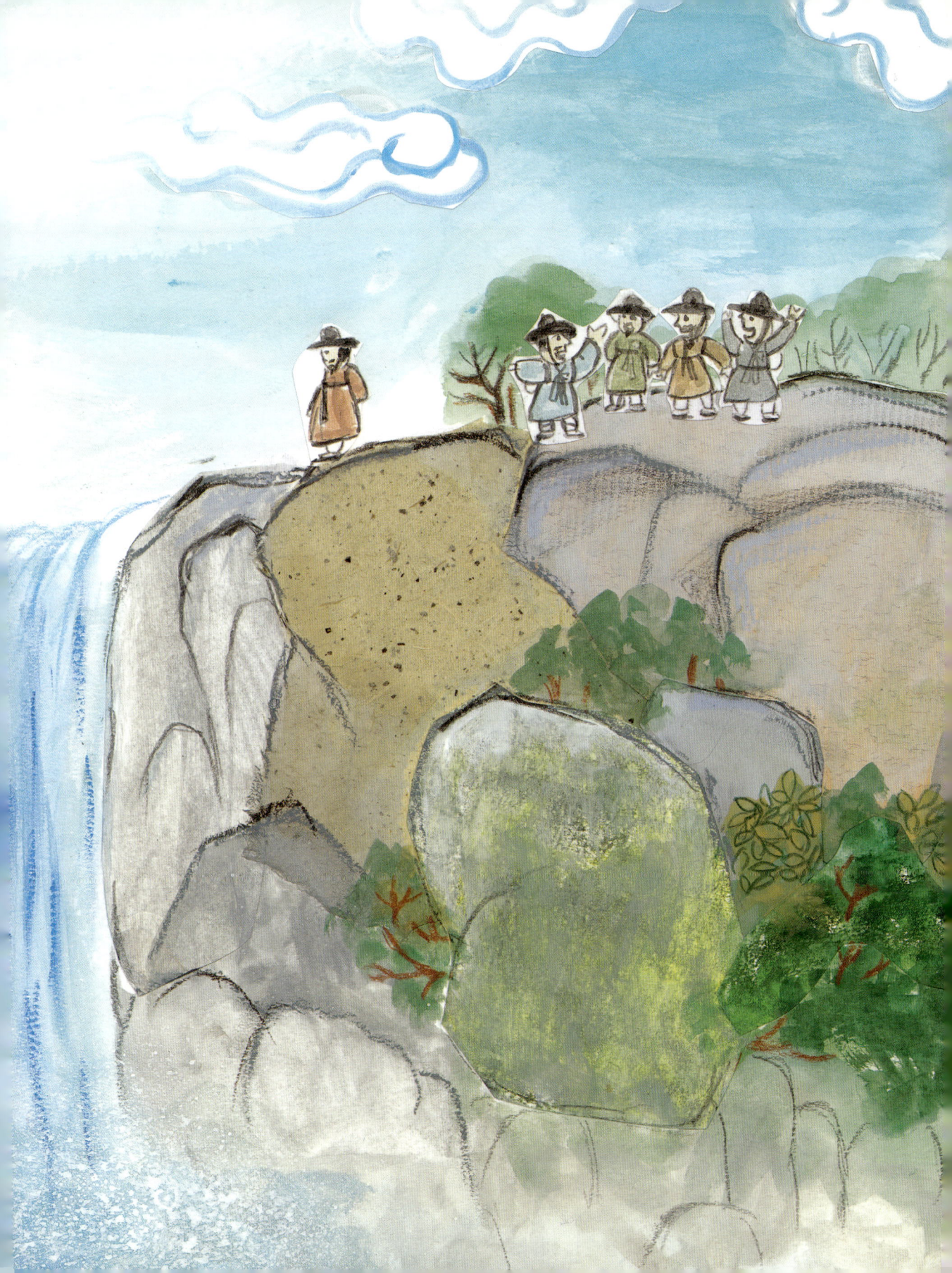

야. 그래서 용들은 인도의 부처들을 괘씸히 여겨 내쫓을 작정이었지. 아홉 마리의 용과 부처들은 격렬한 싸움을 벌였어. 아홉 용이 재주를 부리자, 맑게 갠 하늘에는 벼락이 치고 거센 비바람이 일기 시작했어. 땅이 뒤집어져 물바다가 되었지. 이에 질세라 부처들도 도술을 부려 싸웠어. 하지만 구룡을 당하지 못해 물에 빠져 죽을 뻔했지. 부처들은 용에게 잘못을 빌어 겨우 목숨을 구했다는 전설이 있다네."

사람들은 구룡연에 얽힌 재미있는 전설에 귀를 기울였어요. 하지만 최북은 설명을 듣는 둥 마는 둥 하며 폭포만 바라보았어요. 우렁찬 폭포 소리와 웅장한 모습에 넋을 잃은 듯 멍한 얼굴이었지요. 그러더니 갑자기 큰 소리로 울음을 터뜨렸어요.

"흑흑. 아이고, 여기가 내 무덤이로구나!"

주변에 있던 사람들이 놀라서 최북에게 다가왔어요.

"자네 갑자기 무슨 일인가?"

"무덤이라니 그게 무슨 소리야?"

사람들이 다그쳐 물었지만, 최북은 울기만 할 뿐 아무 말도 하지 않았어요. 사람들은 영문을 몰라 서로를 쳐다보며 눈만 끔뻑거렸어요.

106

갑자기 최북이 울음을 그치더니 이번에는 너털웃음을 쳤어요. 사람들은 어처구니없었어요.

"이 사람이 울다가 웃다가 무슨 일이야. 정신 차려!"

사람들은 최북의 어깨를 마구 흔들었어요. 최북은 이에 아랑곳없이 벌떡 일어서더니 폭포가 내려다보이는 벼랑 끝으로 다가갔어요.

"아니, 저 사람이!"

최북은 벼랑에서 소리쳤어요.

"하하하, 천하의 최북이 이런 명산에서 죽지 않으면 어디서 죽겠느냐!"

최북은 곧장 몸을 날려 폭포 아래로 뛰어내렸어요. 사람들이 미처 말릴 틈도 없었어요.

사람들은 혼비백산하여 폭포 아래로 내려갔어요. 최북은 물에 빠져 허우적대다가 정신을 잃었어요. 사람들이 겨우 그를 물에서 건져 넓은 바위 위에 눕혔어요. 급히 손을 써서 다행히 죽지는 않았지요.

한참 뒤에 정신을 차린 최북이 눈을 떴어요.

"여보게, 이제 정신이 좀 드나?"

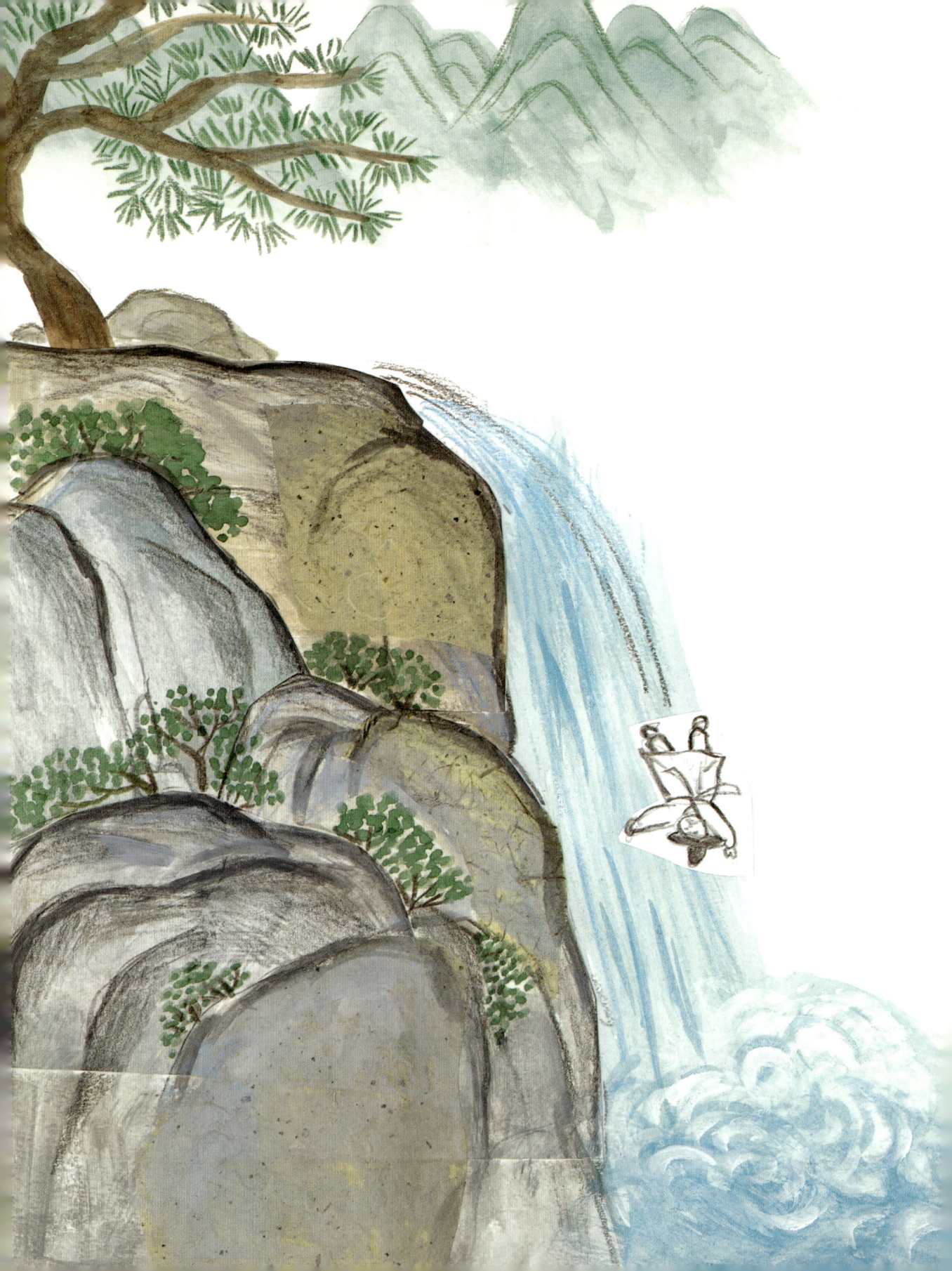

사람들은 근심 어린 표정으로 최북을 쳐다봤어요.

하지만 최북은 아무 일도 없었다는 듯이 툴툴 털고 일어났어요. 그러더니 태연하게 휘파람을 불었어요. 휘파람 소리가 얼마나 세차던지 숲 속에 있던 새들이 푸드덕거리며 모두 날아가 버렸어요.

최북은 이렇듯 성격이 괴팍하고 유별났어요. 뛰어난 재능을 타고난 화가 대부분이 기이한 행동을 많이 했지만, 최북처럼 유별난 사람은 드물었어요.

최북의 됨됨이를 표현한 기록을 보면, 성품이 매서운데다가 남의 비위를 결코 맞추지 않는 고집스럽고 거침없는 사람이라고 했어요. 구룡연에 뛰어든 일화만 보더라도 그의 성격을 충분히 짐작할 수 있지요.

최북에 대한 일화는 또 있어요.

어느 날, 높은 벼슬아치가 최북에게 그림 한 점을 그려오라고 했어요. 최북은 몇 날 며칠 심혈을 기울여 그림을 그려 갔어요.

마침 그 집의 아들이 마루에 앉아 부채질을 하고 있었어요.

"당신이 화가 최북이오?"

아들은 최북을 곁눈으로 흘끔 보며 말했어요. 매우 교만하고 사람을 업신여기는 태도였지요.

　최북은 기분이 상했지만 말없이 그림을 펼쳐 보였어요. 아들은
그림을 뚫어지게 바라보더니 고개를 옆으로 꼬며 말했어요.

　"나는 이것이 뭘 그렸는지 도대체 모르겠네."

　최북은 몹시 화가 나 얼굴이 붉으락푸르락 달아올라 아들에게
쏘아붙였어요.

　"뭘 그렸는지 모르겠다고? 그러면 다른 것은 안단 말이냐?"

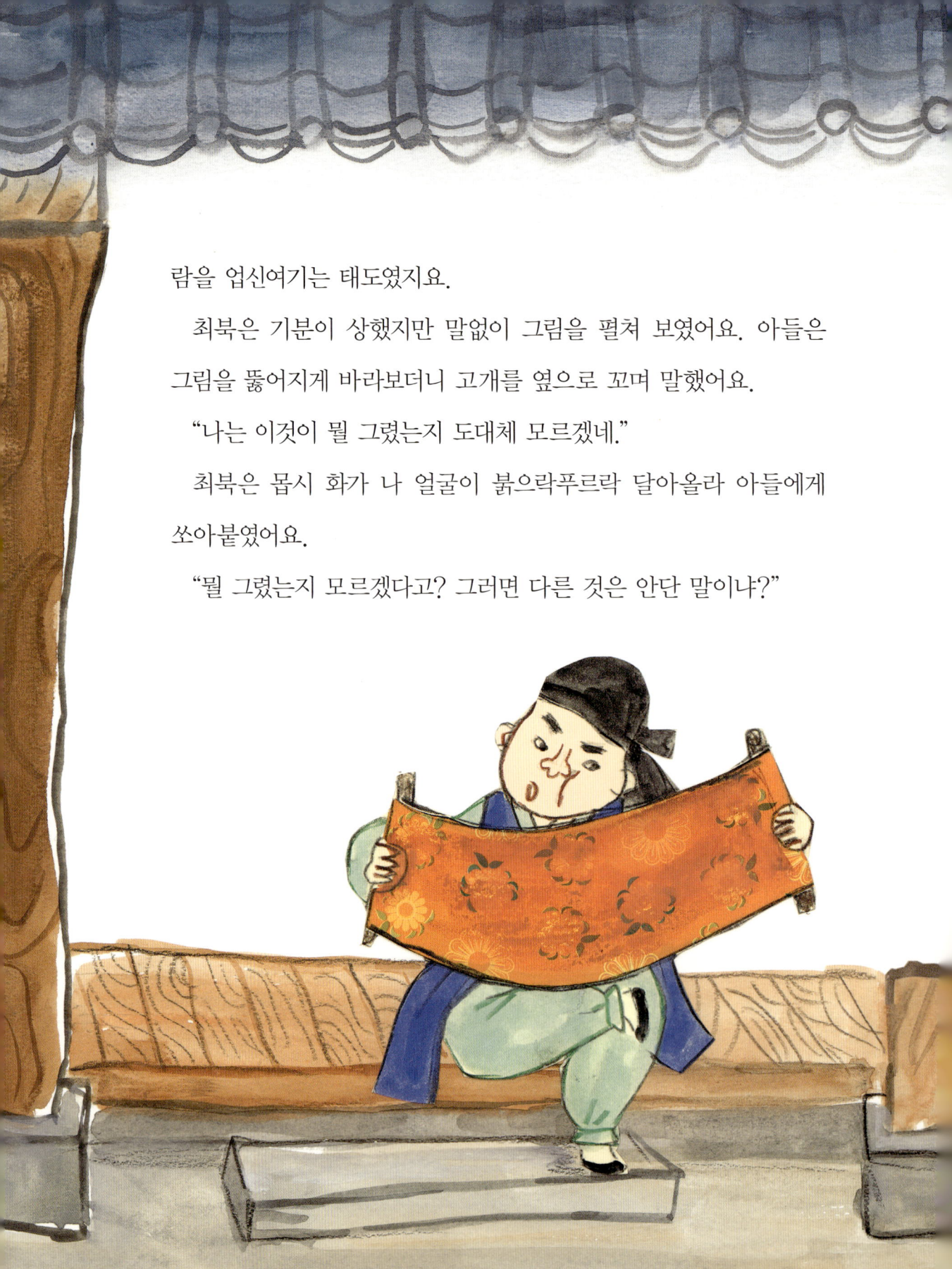

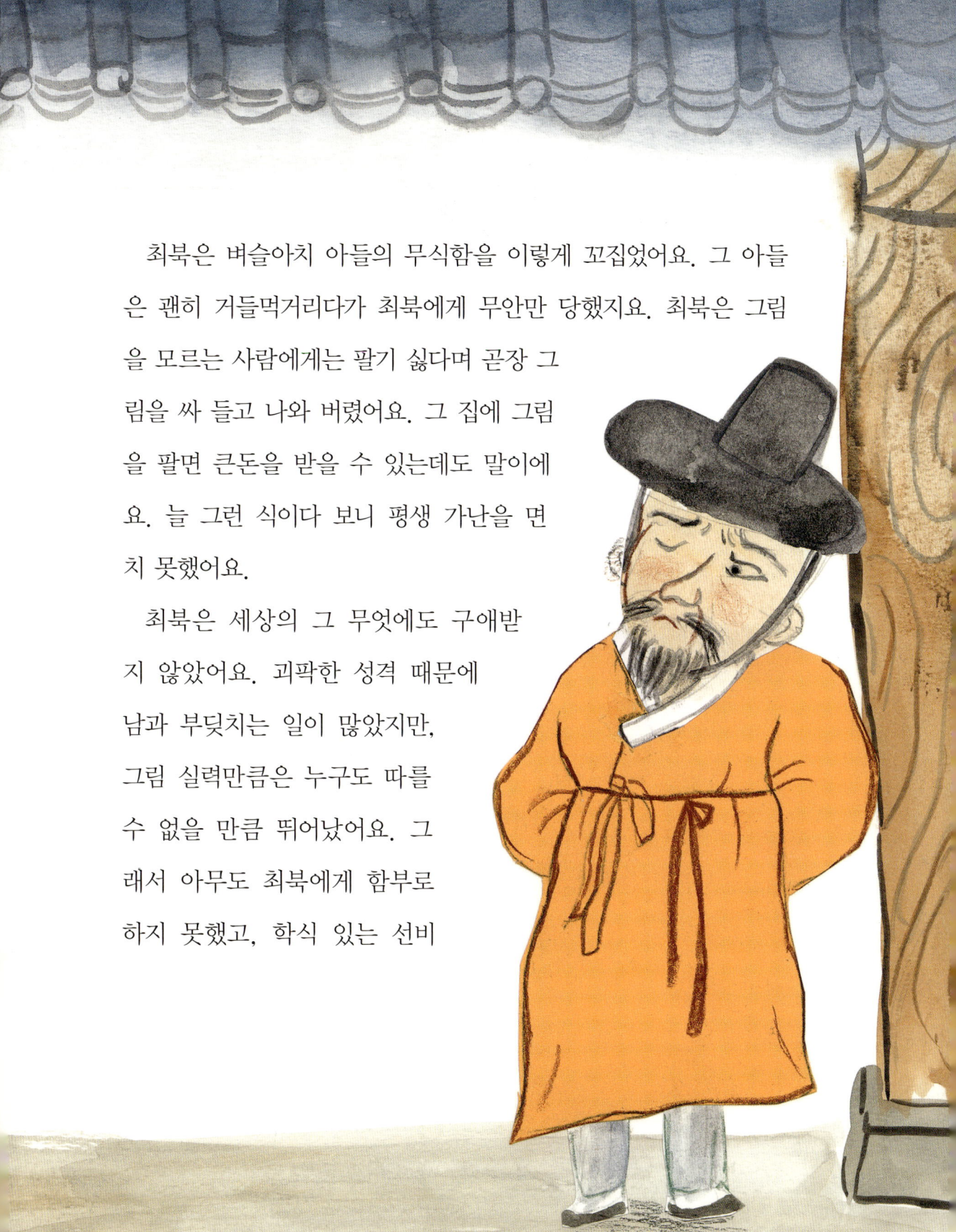

　최북은 벼슬아치 아들의 무식함을 이렇게 꼬집었어요. 그 아들은 괜히 거들먹거리다가 최북에게 무안만 당했지요. 최북은 그림을 모르는 사람에게는 팔기 싫다며 곧장 그림을 싸 들고 나와 버렸어요. 그 집에 그림을 팔면 큰돈을 받을 수 있는데도 말이에요. 늘 그런 식이다 보니 평생 가난을 면치 못했어요.

　최북은 세상의 그 무엇에도 구애받지 않았어요. 괴팍한 성격 때문에 남과 부딪치는 일이 많았지만, 그림 실력만큼은 누구도 따를 수 없을 만큼 뛰어났어요. 그래서 아무도 최북에게 함부로 하지 못했고, 학식 있는 선비

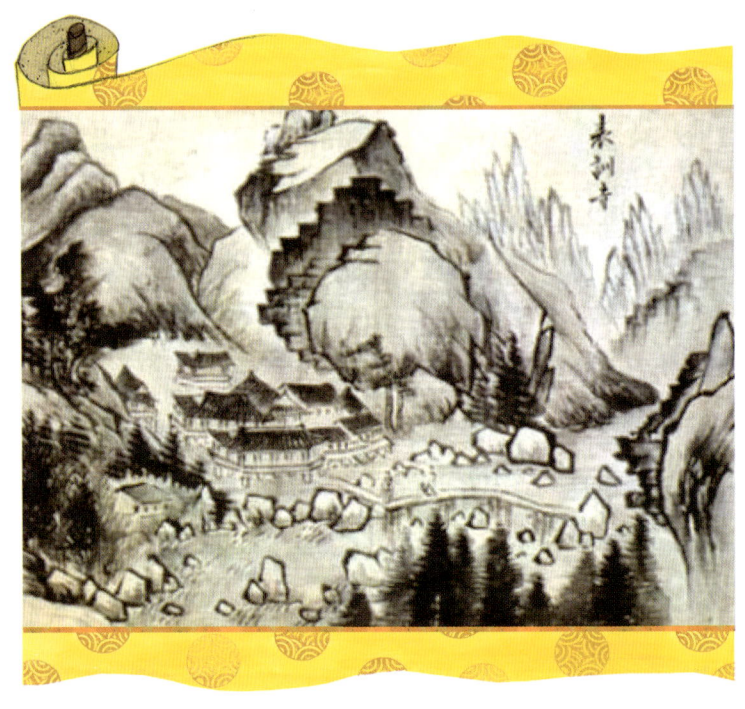

들도 그와 자주 어울렸지요.

금강산의 아름다운 경치에 반해 자살 소동을 벌일만큼 기이한 사람이었지만 수려한 금강산의 모습을 그림으로 남기기도 했어요. 바로 그의 대표작인 〈표훈사도〉예요.

표훈사는 금강산의 만폭동 계곡에 자리 잡은 규모가 크고 역사가 깊은 절이에요. 유점사, 장안사, 신계사와 더불어 금강산의 4대 사찰 가운데 하나예요. 이 절은 신라 문무왕 때 표훈 대사가 세운 절인데, 금강산 4대 사찰 가운데 지금까지 유일하게 본래의 모습을 간직하고 있어요. 다른 절들은 한국 전쟁 때 모두 큰 피해를 입었거든요.

그림 아래쪽을 보면 절로 통하는 다리가 보일 거예요. 이 다리를 '함영교'라 불러요. 이 일대의 아름다운 숲과 산이 다리 밑 개울에 그림자를 담근다고 해서 붙은 이름이지요. 다리를 건너면 높은 전각이 있는데, '능파루'예요. 능파루 뒤쪽으로 표훈사의 넓은 마당과 건물들이 보이지요. 여러 개의 건물이 울창한 숲과 어우러져 아늑한 느낌을 줘요.

절의 건물과 다리가 일자로 화면의 중심을 이루고, 주위의 높은 산들이 에워싸고 있어요. 웅장한 산세를 배경으로 하면서도 절의 풍경이 따사로운 느낌을 주지요. 그림을 보면 볼수록 소박한 아름다움이 배어나요.

거칠고 강렬한 성격을 지닌 최북이 이렇게 평안하고 따뜻한 느낌의 그림을 그린 것을 보면 실제 표훈사의 정경이 얼마나 아름다웠을지 상상이 될 거예요.

고유의 기법을 중시한 최북

서양의 빈센트 반 고흐는 뜨거운 정열과 외로움 속에서 짧은 생애를 살았어요. 고희의 예술적 재능은 어느 누구도 따라가지 못할 위대한 걸작을 남겼어요.

고흐와 비교될 수 있는 조선 시대의 화가가 최북이에요. 남공철이 쓴 《금릉집》과 조희룡의 《호산외사》에 그의 생애가 자세히 기록되어 있어요.

어느 날, 높은 벼슬아치가 그에게 그림을 요청했지만 최북은 거부했지요. 벼슬아치는 매우 화가 나 최북을 협박했어요.

"남이 나를 해하기 전에 내가 나를 해하는 것이 낫겠다."

최북은 말이 끝나자마자 옆에 있던 송곳을 집어 들어 눈을 찔러 멀게 해 버렸어

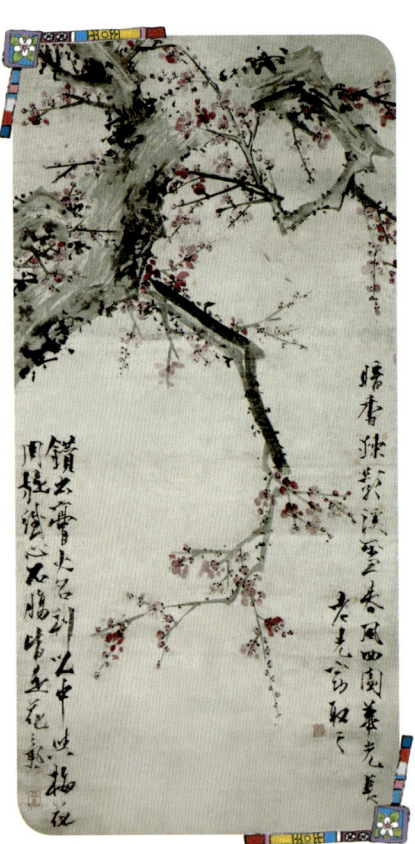

《호산외사》를 집필한 조희룡이 그린 〈홍매도〉예요.

요. 최북은 이 정도로 다른 사람과 타협하지 않는 괴팍한 사람이었어요.

최북은 인물, 화조, 초충 등 다양한 그림을 그렸어요. 현재는 대부분 산수화가 남아 있어요. 최북은 산수화를 그릴 때 우리 고유의 기법을 중요시 했어요.

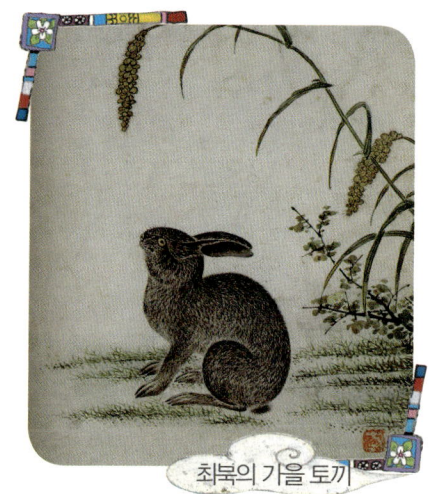

최북의 가을 토끼

"중국의 풍속과 조선의 풍속은 엄연히 다르다. 산수의 형세도 중국과 조선이 서로 다른데, 사람들은 모두 중국의 것만을 좋아하고 숭상한다. 하지만 조선 사람은 마땅히 조선의 산수를 그리고 즐겨야 한다."

최북은 대담하고도 파격적인 자신의 화법을 만들어 조선 후기 그림 발전에 크게 기여했답니다. 그 당시 사람들은 최북을 미친 사람이라고까지 말했어요. 그렇지만 그가 그림을 팔러 나오면 서로 그 그림을 구하기 위해 구름처럼 몰려 들었다고 해요.

최북은 김홍도, 이인문, 김득신과 교류하며 조선 고유의 화풍을 위해 평생을 노력하다가 49세에 생을 마감했다고 해요. 그는 〈조어도〉, 〈풍설야귀도〉, 〈공산무인도〉, 〈누각산수도〉 등 다양한 작품을 남겼답니다.

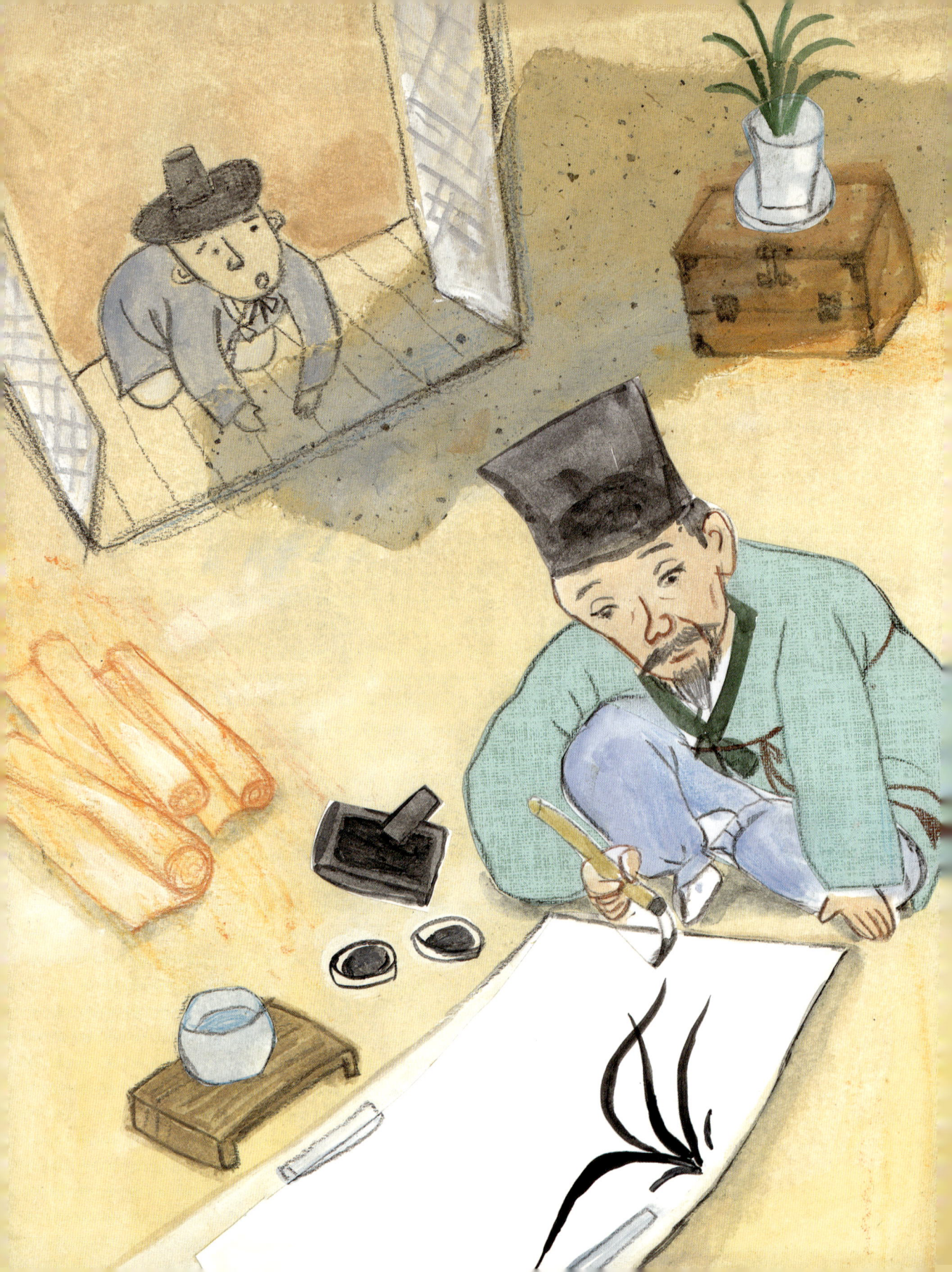

사군자의 달인 흥선 대원군
⟨난초⟩

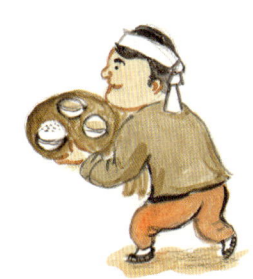

"쯧쯧, 저래서 무슨 왕족이야."

"매일 불량배와 어울려 다니기나 하고 부끄럽지도 않나?"

사람들은 흥선 대원군 이하응을 모두 비웃었어요. 이하응은 몰락한 왕족 출신으로 사람들에게 '궁 도령'이란 별명으로 불릴만큼 천대와 구박을 받았지요. 그는 허름한 옷을 입고 불량배들과 하루 종일 어울려 다녔어요. 또 잔칫집이라면 빼놓지 않고 찾아가 공짜 술을 얻어먹고, 높은 사람 앞에서는 비굴할 정도로 굽실거렸어요.

사람들은 그를 '상갓집 개'라고 부르고 손가락질하며 얕보곤 했어요. 하지만 이하응의 속마음은 달랐어요.

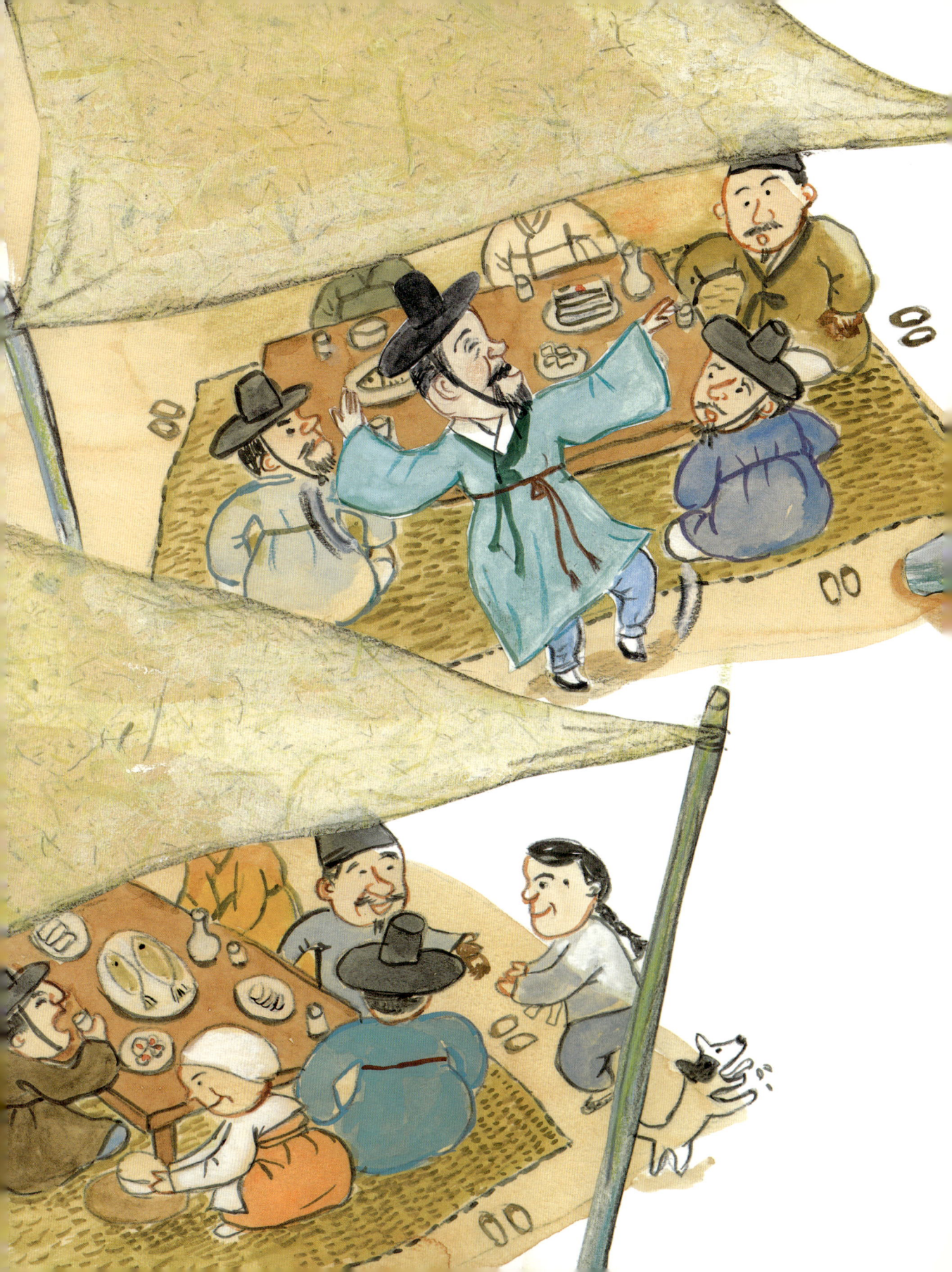

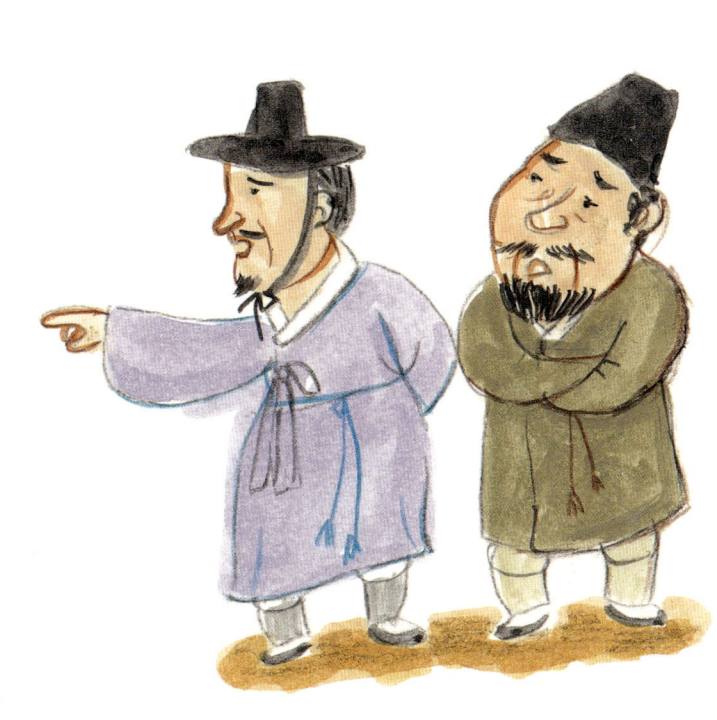

'흥, 어디 두고 보자. 언젠가는 내가 어떤 사람인지 알 날이 올 것이다!'

이때는 안동 김씨 집안이 권력을 잡고 있었어요. 안동 김씨 집안은 임금의 외척임을 내세워 나랏일을 좌지우지했어요. 좀 똑똑하다 싶은 왕족들은 죄를 만들어 귀양을 보내거나 없애 버리기도 했어요.

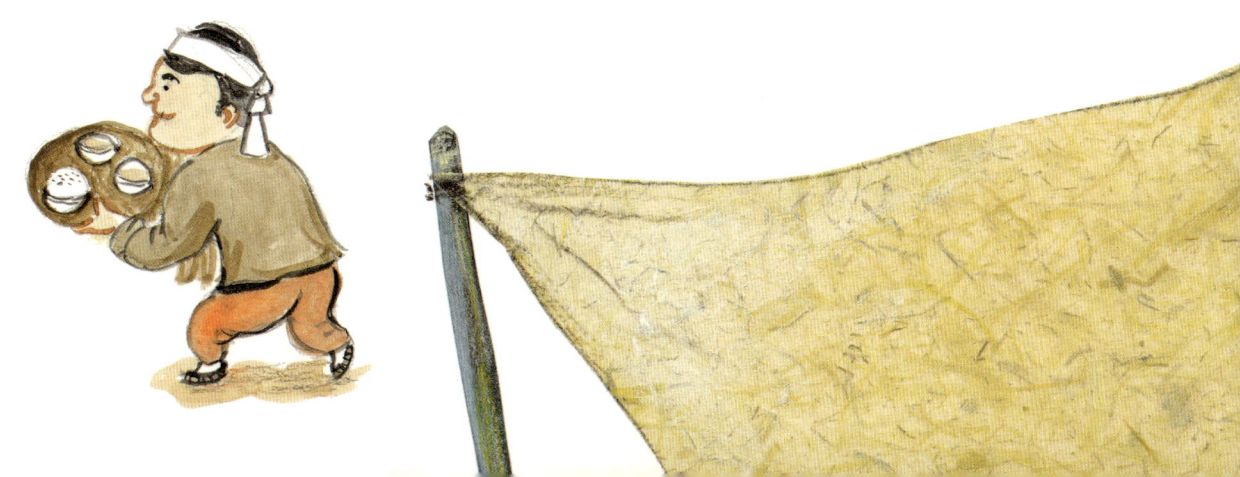

이하응은 거짓 난봉꾼 행세를 해 안동 김씨 집안의 횡포에서 무사할 수 있었지요.

그는 툭하면 시장의 장사치들이나 불량배들과 어울려 투전판에 뛰어들었어요. 때로는 불량배들과 짜고 사기 투전판을 벌이기도 했어요. 그러니 상갓집 개라고 불리며 안동 김씨 집안에서 무시를 당했던 거예요.

이하응은 진짜 술주정뱅이나 투전꾼이 아니었어요. 왕족의 혈통을 타고난 사람으로서 총명하고 난을 잘 치기로 유명했어요. 난초는 선비들이 즐겨 그리던 사군자 중에서도 으뜸으로 쳤어요. 그리기도 다른 사군자보다 까다로웠고요.

"다른 건 몰라도 이하응의 난 치는 솜씨는 알아줘야 한다니까!"

"맞아, 비록 불량배들과 할 일 없이 어울려 다니긴 하지만, 난 치는 솜씨는 천하제일이지."

사람들은 이하응의 난초 그림에 감탄했지요. 이하응은 돈이 떨어지면 난초를 그려 팔기도 했어요.

물론 돈이 생기면 술을 마시거나 투전판으로 달려가곤 했어요. 그러면서도 항상 세상 돌아가는 일을 유심히 관찰했어요. 때가 오기를 조용히 기다린 것이지요.

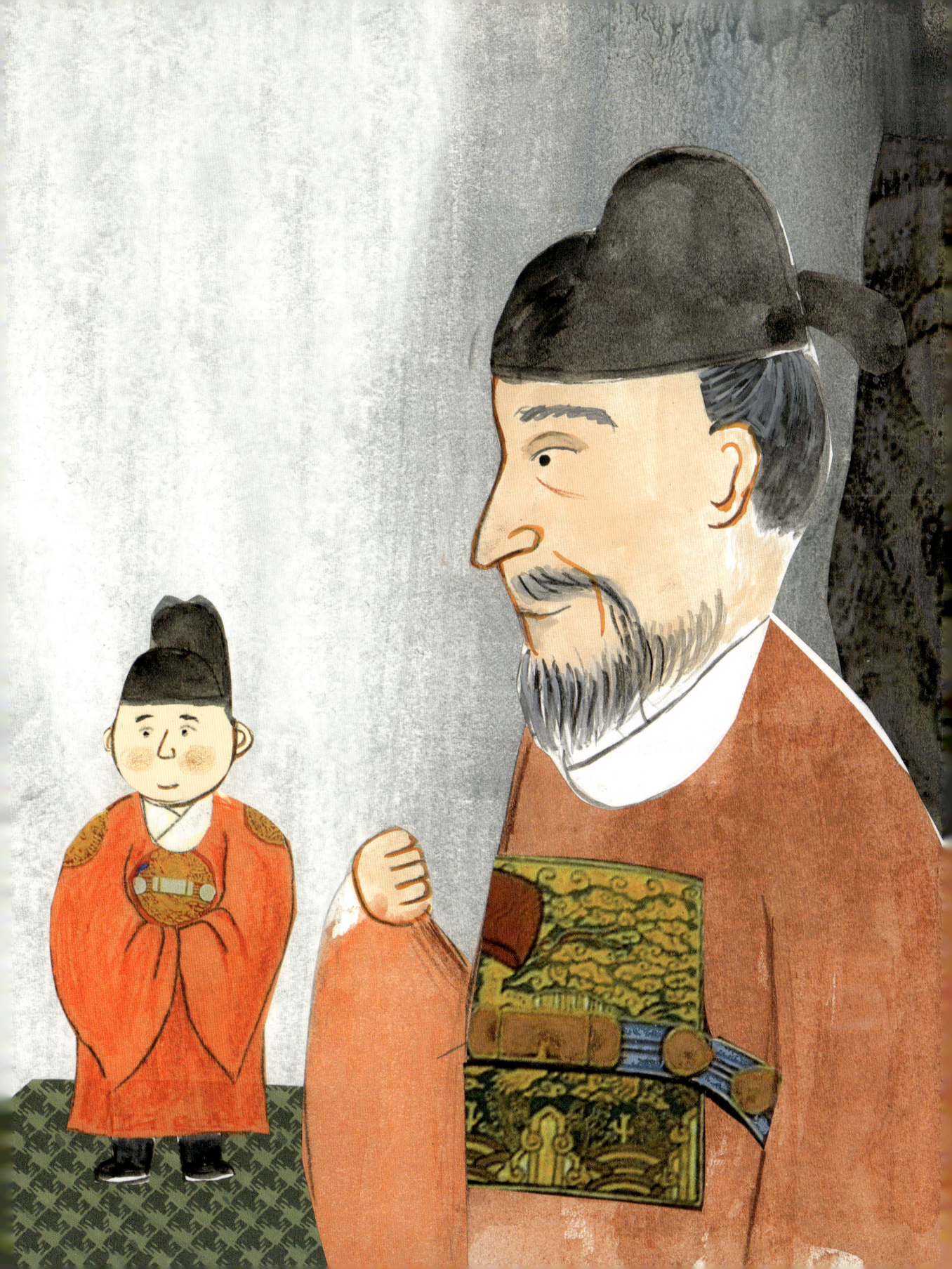

이윽고 1863년, 철종 임금이 세상을 떠났어요. 이하응은 그동안 몰래 관계를 맺어 놓은 조정의 대신들과 왕가 어른들을 움직여 그의 둘째 아들을 임금의 자리에 앉혔어요. 그가 바로 고종이지요.

이렇게 되자 이하응은 단번에 대원군의 지위에 올랐어요. '대원군'이란 임금님의 아버지를 일컫는 말인데, 지금까지와는 다르게 굉장한 권력을 손에 쥔 것이었지요.

대원군이 된 이하응은 옛날의 그가 아니었어요. 나이 어린 아들 고종을 대신해 나랏일을 맡으면서 제일 먼저 안동 김씨 세력을 조정에서 몰아냈어요. 그리고 당파의 구별 없이 유능한 인재를 뽑고, 잘못된 제도를 바로잡았어요.

백성들의 세금을 덜어 주고, 당파 싸움의 원인이 되어 온갖 말썽을 일으키던 서원을 없앴어요. 그리고 배운 것이 없더라도 능력만 있으면 그에 걸맞은 벼슬을 주었어요.

한번은 젊은 선비가 대원군이 인물을 잘 가려 쓴다는 소문을 듣고 찾아왔어요. 선비는 대원군을 보자마자 넙죽 절을 올렸어요. 대원군은 방에서 묵묵히 난초를 치고 있었지요. 선비가 공손히 절을 올렸건만 대원군은 그저 자기 일에만 열중한 체 딴전을 부렸어요. 머쓱해진 선비는 다시 한 번 절을 올렸어요. 그러자 대원군이 붓을 멈추

고는 버럭 소리를 질렀어요.

"예끼, 이 사람아! 내가 죽었는가? 왜 절을 두 번이나 하는건가?"

죽은 사람에게 절을 두 번 하는 것을 빗대어 선비가 절을 연거푸 하자 이를 비꼬아서 한 말이에요. 선비는 당황하지 않고 태연하게 말했어요.

"대원군 대감, 첫번째 절은 문안 인사이옵고, 이번 절은 하직 인사올시다."

대원군이 거들떠보지도 않자 하직 인사를 올리고 가려던 참이라는

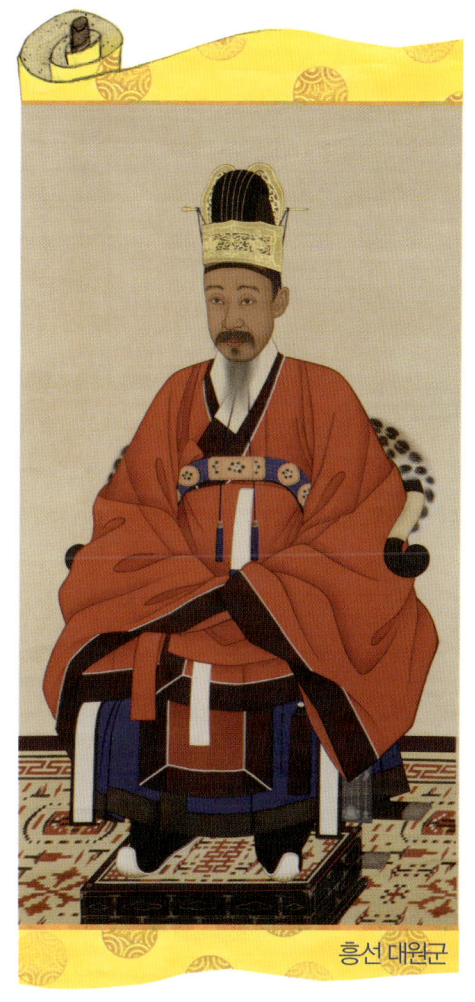

흥선 대원군

말이었어요. 대원군은 선비의 대답을 듣고 껄껄 웃으며 그제야 손님으로 대접했어요. 대원군이 선비를 시험해 본 것이었지요. 재치 있게 대답한 선비는 좋은 벼슬을 얻을 수 있었다고 해요.

대원군이 갑자기 권력을 손에 쥐자 사람들의 태도가 전과는 달라졌어요. 예전에는 상갓집 개라고 비웃던 사람들이 그의 눈에 들

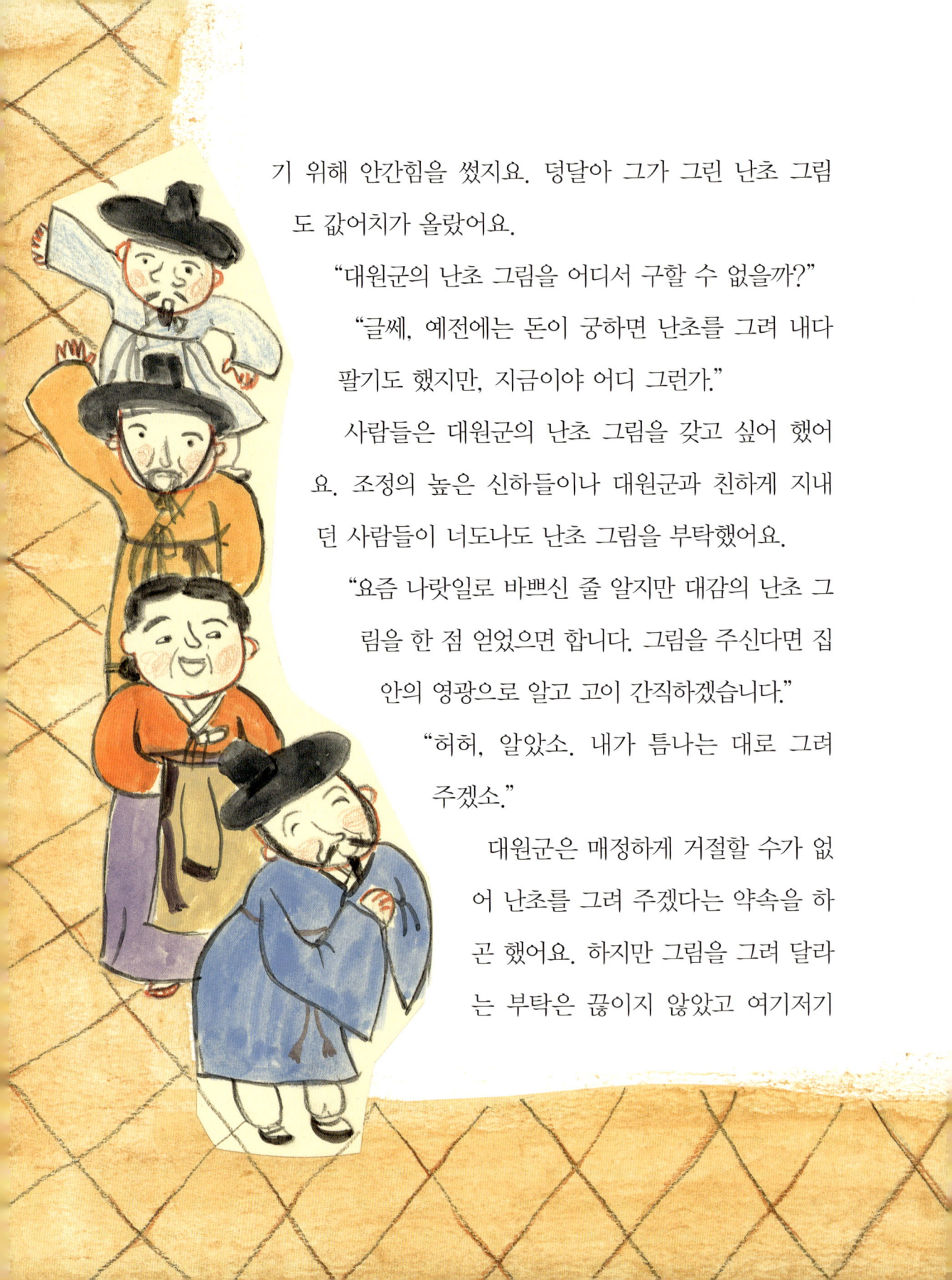

기 위해 안간힘을 썼지요. 덩달아 그가 그린 난초 그림
도 값어치가 올랐어요.

"대원군의 난초 그림을 어디서 구할 수 없을까?"

"글쎄, 예전에는 돈이 궁하면 난초를 그려 내다
팔기도 했지만, 지금이야 어디 그런가."

사람들은 대원군의 난초 그림을 갖고 싶어 했어
요. 조정의 높은 신하들이나 대원군과 친하게 지내
던 사람들이 너도나도 난초 그림을 부탁했어요.

"요즘 나랏일로 바쁘신 줄 알지만 대감의 난초 그
림을 한 점 얻었으면 합니다. 그림을 주신다면 집
안의 영광으로 알고 고이 간직하겠습니다."

"허허, 알았소. 내가 틈나는 대로 그려
주겠소."

대원군은 매정하게 거절할 수가 없
어 난초를 그려 주겠다는 약속을 하
곤 했어요. 하지만 그림을 그려 달라
는 부탁은 끊이지 않았고 여기저기

서 그림을 달라고 청을 했어요. 나중에는 바다 건너 일본 사람들 마저 난초 그림을 청했어요. '귀인의 난초'라며 서로 얻으려고 욕심을 부렸던 것이지요.

대원군은 심각한 고민에 빠졌어요.

'흠, 나랏일을 하자면 사람들의 청을 들어 주는 것이 좋은데, 날마다 난만 치고 있을 수도 없고……. 무슨 좋은 수가 없을까?'

대원군은 며칠을 고민하고 한 가지 해결책을 마련했어요. 자기의 난 치는 화법을 따르는 이들 가운데에 솜씨 좋은 몇 사람을 뽑아 난을 대신 치게 하는 것이었어요. 그리고 도장만 자기가 직접 찍기로 했어요. 수많은 사람의 요청을 거절하지 않고 들어 주자면 어쩔 수 없는 일이었지요. 이런 이유로 대원군의 도장이 찍힌 난초 그림 가운데에는 그의 작품이 아닌 것도 많다고 해요.

이 이야기만 보아도 대원군의 난 치는 실력이 얼마나 탁월했는지 짐작해 볼 수 있지요?

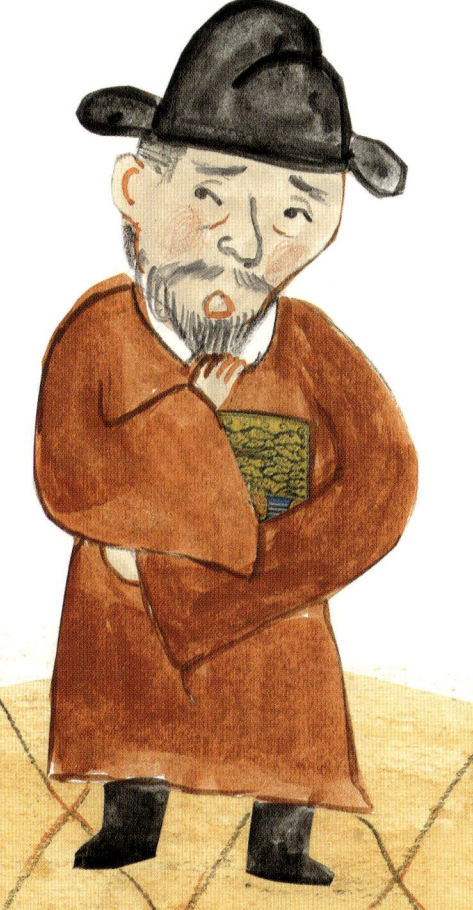

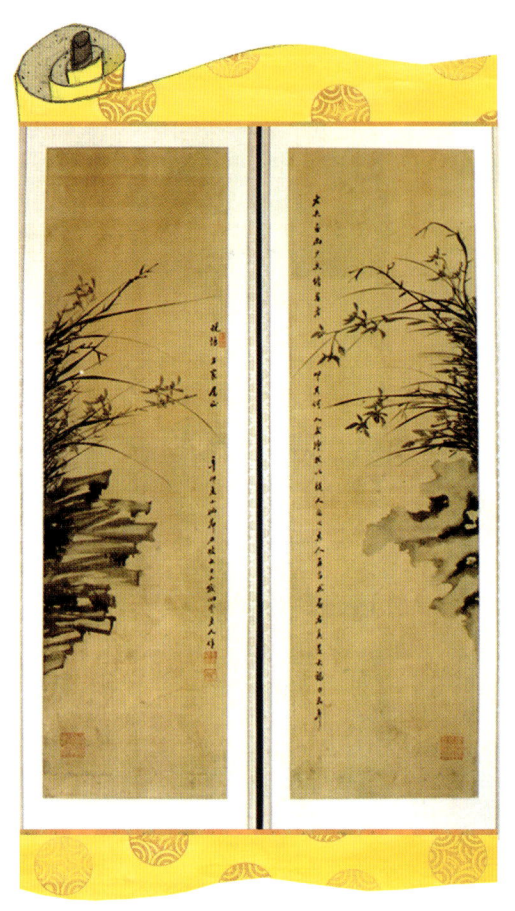

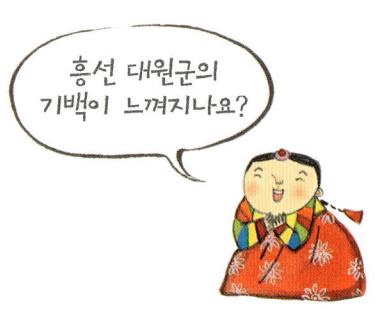

흥선 대원군의
기백이 느껴지나요?

실제 대원군의 〈난초〉를 감상해 볼까요?

대원군은 대개 춘란을 그렸다고 해요. 난초가 무척 힘 있고 날렵하게 뻗어 나간 모습이지요. 화면 왼쪽에 난초가 있고, 오른쪽에 글이 적혀 있어요.

대원군의 작품은 보통의 난초 그림과는 좀 다른 느낌이 들 거예요. 난초 그림은 바닥에서 위쪽으로 뻗어 나간 것이 대부분이에요. 하지만 이 작품은 화면 왼쪽에서 오른쪽으로 힘차게 뻗어 나간 모습이지요. 마치 높은 벼랑 옆으로 뻗은 난초를 그린 듯 한 느낌이 들지요.

난초가 거꾸로 선 듯 한 이런 구도 때문에 그림이 더욱 역동적으로 보이는 거예요. 또 세차게 뻗은 줄기와 단아하게 핀 꽃이 잘 어우러져 있어요.

그림에는 그린 사람의 인품이 드러난다고 해요. 이 그림을 가만히 보고 있으면 사람들의 비웃음을 묵묵히 견디는 꿋꿋한 성품과 과감한 개혁 정치를 펴는 대원군의 강직한 모습이 상상될 거예요.

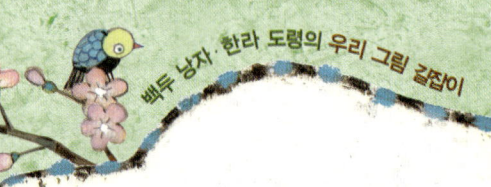

고결함의 상징 사군자

군자란 성품이 어질어 여러 사람에게 존경을 받는 사람을 가리키는 말이에요. 그럼 사군자란 대체 무엇을 이르는 말일까요?

사군자를 공자나 맹자, 주자와 같은 성현들을 일컫는 말로 오해할 수도 있어요. 하지만 사군자는 매화, 난초, 국화, 대나무를 일컫는 말이에요.

사군자는 옛 선비들이 즐겨 그린 그림의 대상이었답니다.

선비들은 왜 사군자를 즐겨 그렸을까요? 그것은 이 네 식물이 다른 것들과는 달리 품위와 운치가 있기 때문이에요.

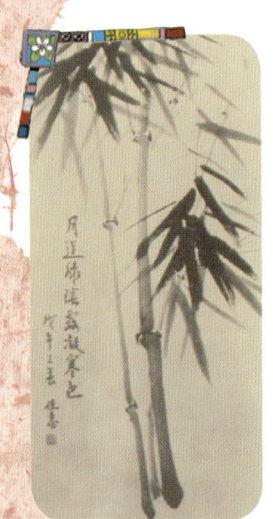
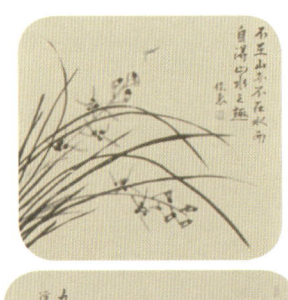
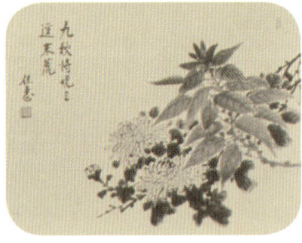
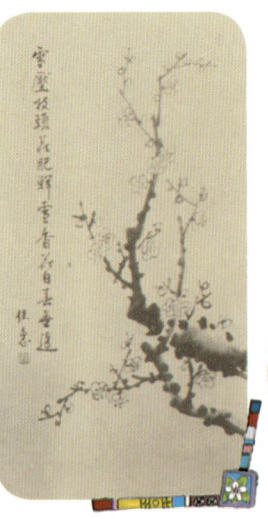

영친왕이 그린 사군자예요. 예전의 왕들도 사군자를 즐겨 그렸답니다.

매화는 이른 봄의 추위를 무릅쓰고 제일 먼저 꽃을 피우는 나무지요. 눈 속에 꽃이 핀다고 해서 '설중매'라고 부르기도 해요.

난초는 깊은 산속에서 피어도 그 은은한 향기를 아주 멀리까지 퍼뜨리는 매력을 가지고 있어요. 게다가 가늘고 길게 뻗은 줄기는 꽃과 잘 어우러져 멋을 더해 주지요.

국화는 늦가을에 추위를 이겨 내고 꽃을 피워요.

대나무의 푸른 잎은 추운 겨울에도 시들지 않고요.

이 네 가지 식물들이 지닌 이러한 특징이 마치 높은 덕과 인품을 가진 군자와 비슷하다고 해서 선비들의 사랑을 받은 거예요. 사군자는 선비의 고결함을 상징하는 문인화의 대표적인 소재랍니다.

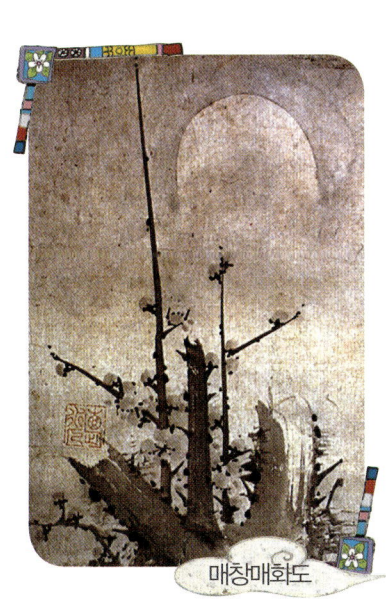

매창매화도

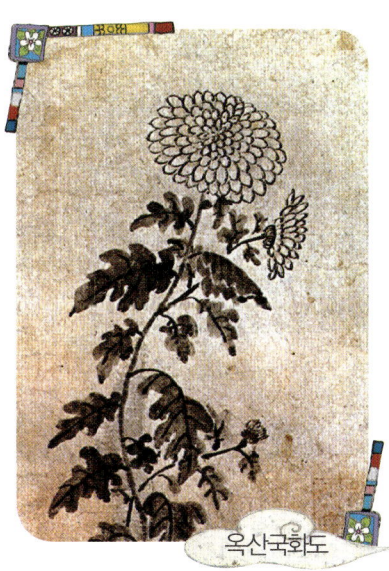

옥산국화도

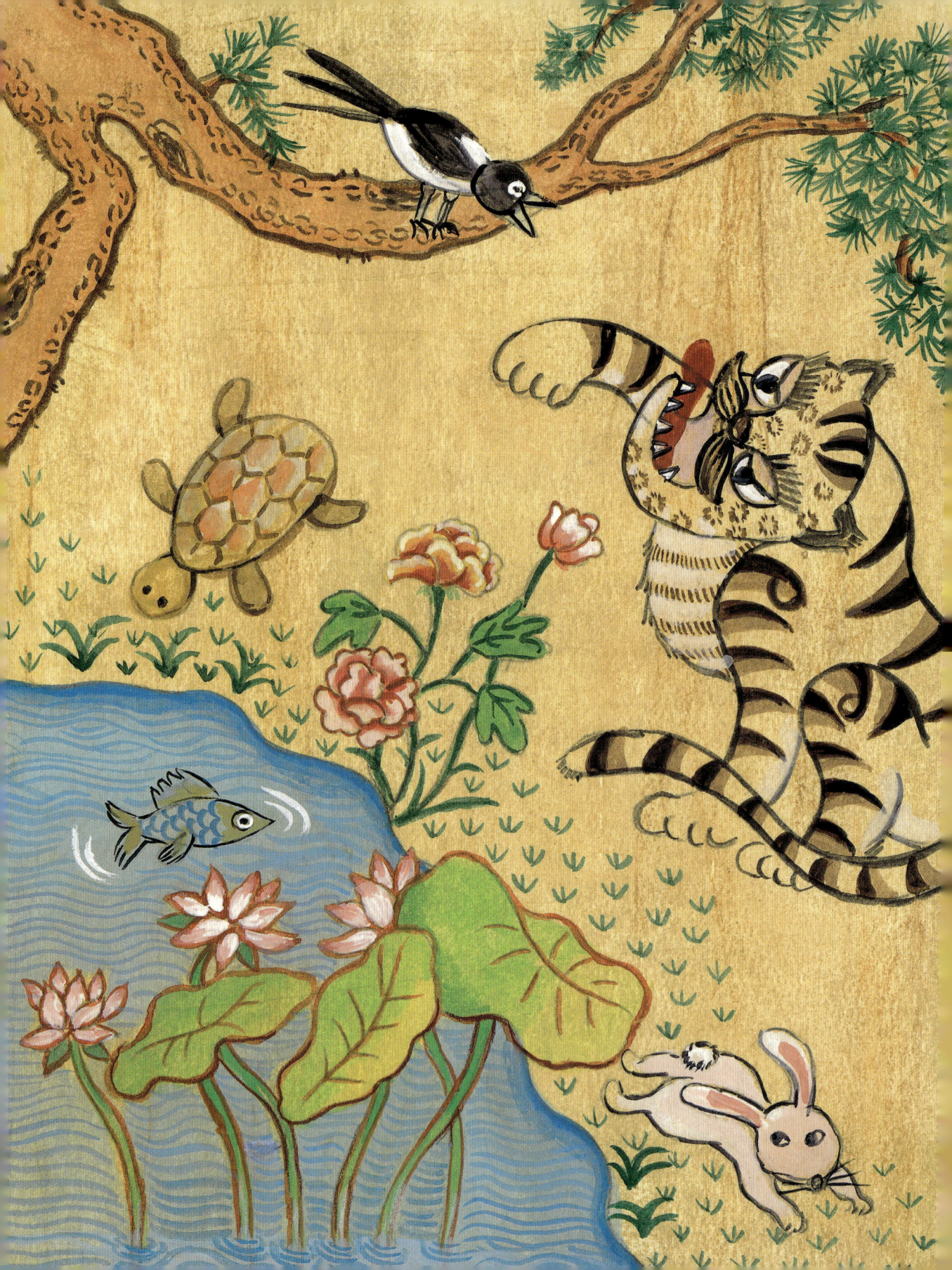

백성들의 사랑을 받은 민화
<모란꽃>, <까치 호랑이>

"아유, 신부 참 곱다!"

"신부만 고운가? 신랑도 인물이 훤하고 대장부답게 생겼는 걸."

마을 사람들은 김 진사 집 마당에 모였어요. 조금 뒤에 혼례식을 치를 참이거든요. 사람들은 혼례식을 준비하느라 바쁘게 움직였어요. 손님들이 먹을 음식을 장만하고, 초례상에 쓸 물건들을 챙기느라 정신이 없었어요.

'초례상'이란 혼례식 때 신랑 신부의 가운데에 놓는 커다란 상을 말해요. 이 초례상을 사이에 두고 신랑 신부는 서로 절을 하게 되지요.

"에헴, 혼례식 준비는 잘하고 있나?"

김 진사가 긴 담뱃대를 물고 초례상 앞으로 다가왔어요. 그는 흐뭇한 표정으로 초례상 주변을 둘러보았어요. 그런데 초례상 뒤편에 세워 놓은 병풍을 살펴보다 표정이 어두워졌어요.

"으응, 저게 뭐야? 여봐라, 삼돌아!"

김 진사는 다급하게 하인을 불렀어요.

"누가 저 병풍을 여기다 뒀느냐?"

"예, 소인이 가져왔습니다. 광에서 여러 병풍을 찾아보다가 호랑이 그림이 멋있는 것 같아서요."

김 진사는 삼돌이의 말에 고개를 세차게 흔들었어요.

"쯧쯧, 저 병풍은 혼례식 때는 어울리지 않느니라. 당장 가서 모란이 그려진 병풍으로 바꿔 오너라!"

삼돌이는 고개를 갸웃거리며 광으로 뛰어갔어요. 그 다음에 김 진사가 시키는

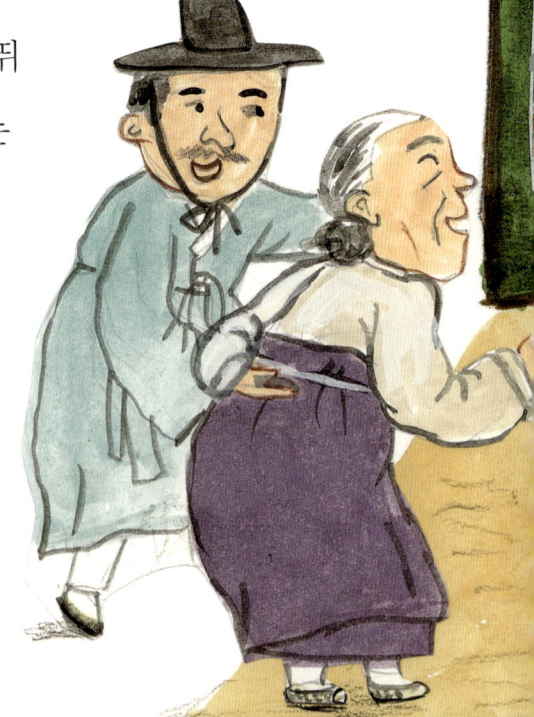

대로 모란꽃 병풍을 가져다 세웠어요. 이내 혼례식이 시작되고, 신랑과 신부는 마을 사람들의 축복 속에 결혼식을 마쳤어요.

혼례식이 끝난 뒤 삼돌이가 김 진사에게 물었어요.

"나리, 혼례식 때 병풍을 왜 바꾸라고 했습니까? 호랑이 그림을 사용하면 안되는 이유가 있습니까?"

"병풍에 그려진 호랑이 그림은 주로 사악한 기운을 쫓는 데 쓰

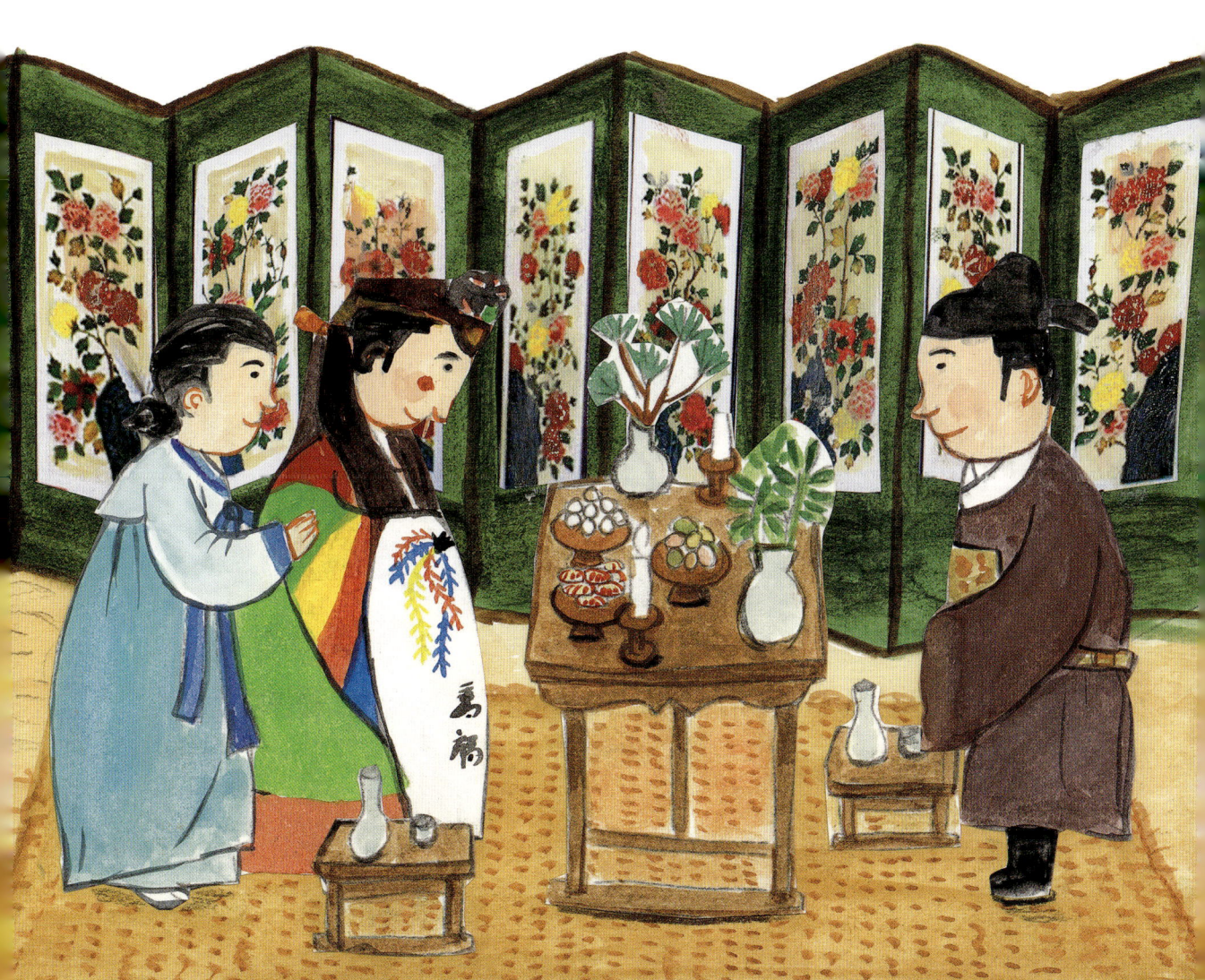

는 것이다. 혼례식 때는 부귀함과 남녀의 화합을 상징하는 모란꽃 병풍을 사용해야 하는 것이지."

삼돌이는 그제야 알겠다는 듯 고개를 끄덕였어요.

민화는 양반에서부터 일반 백성들에 이르기까지 실제의 생활에 이용된 그림이에요. 이런 이유로 민화의 쓰임새는 매우 다양했어요. 갖가지 예식을 치를 때 두르거나 장식용으로 쓰던 병풍 그림으로 사용했어요. 대문이나 벽에 부적처럼 걸어 두기도 하고, 누군가를 축하하기 위해서 주는 그림도 민화였지요.

우리 조상들은 민화가 복을 기원하고, 악귀나 나쁜 것을 몰아내는 힘이 있다고 믿었거든요.

민화 속의 그림도 무척 다양했어요. 사슴·호랑이·까치·물고기·학·거북·매·토끼 등의 동물도 있고, 소나무·대나무·불로초·모란꽃·연꽃 등의 식물도 있어요. 용이나 해태와 같은 상상의 동물도 그렸지요.

이 가운데에서 민화에 자주 등장한 그림 중의 하나가 모란꽃이에요. 모란꽃은 꽃의 왕으로 일컬어질 만큼 크고 화려해요. 그래서 사람들은 모란꽃 그림이 재산이 많아지고 지위가 높아진다는 '부귀'를 상징한다고 믿었어요. 그래서 주로 안방에 장식으로 이용했답니다. 또 모란꽃 병풍은 임금을 상징한다 하여 궁에서 사용하곤 했어요.

그런데 한 가지 재미있는 것은 모란꽃을 그린 민화에는 벌이나 나비를 그리지 않았다는 점이에요. 여기에 얽힌 재미난 이야기가 《삼국유사》에 전해져 오고 있어요.

신라 제27대 선덕 여왕은 지혜가 매우 뛰어났어요.

어느 날, 신하가 헐레벌떡 뛰어 들어오며 선덕 여왕에게 아뢰었어요.

"여왕님, 당나라 태종이 여왕님께 선물을 보내왔사옵니다."

"선물이라니? 어서 가져오시오."

신하들은 황급히 당나라에서 보낸 선물을 풀었어요. 거기에는 그림 하나와 작은 상자 세 개가 들어 있었어요. 선덕 여왕이 그림을 펼쳐 보니 거기에는 붉은색, 보라색, 흰색의 모란꽃이 그려져 있었어요. 각각의 상자에는 세 가지 색의 모란꽃 씨앗이 들어 있었고요. 선덕 여왕은 그림을 한참 들여다보더니 이렇게 말했어요.

"음, 이 꽃은 향기가 없는 꽃이겠구나!"

그러고는 씨를 뜰에 심도록 했어요. 선덕 여왕의 말에 신하들은 저마다 수군거렸어요.

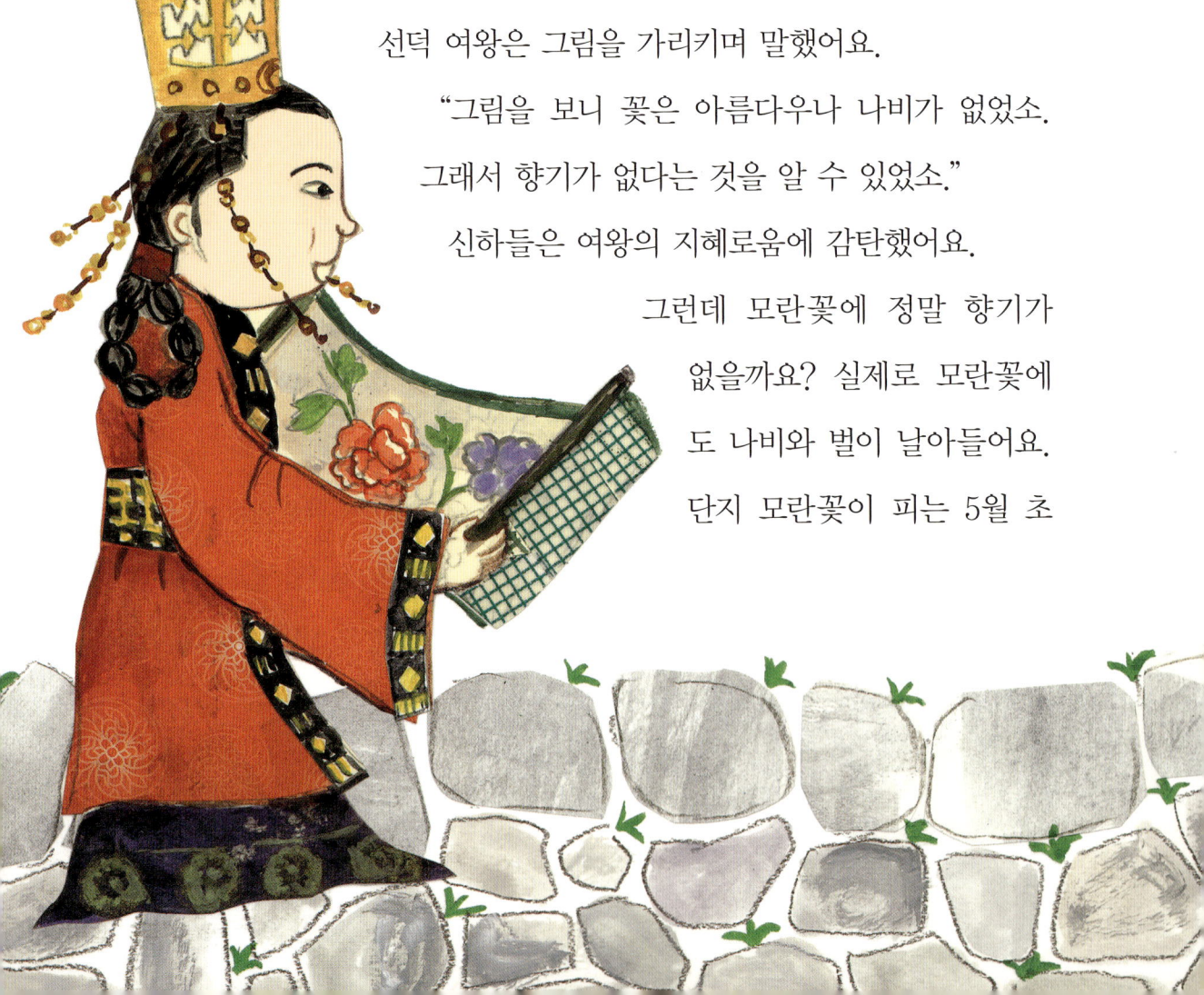

"아니, 저렇게 아름다운 꽃에 향기가 없다니 괜히 실없는 소리를
해서 망신만 당하게 생겼군."

시간이 흘러 마침내 꽃이 피었어요. 그런데 꽃이 피었는데도 향
기가 없었어요. 신하들은 그제야 여왕의 말이 옳았다는 것을 깨닫
고 놀랐어요.

"여왕님은 그 꽃에 향기가 없다는 것을 어떻게 아셨
습니까?"

선덕 여왕은 그림을 가리키며 말했어요.

"그림을 보니 꽃은 아름다우나 나비가 없었소.
그래서 향기가 없다는 것을 알 수 있었소."

신하들은 여왕의 지혜로움에 감탄했어요.

그런데 모란꽃에 정말 향기가
없을까요? 실제로 모란꽃에
도 나비와 벌이 날아들어요.
단지 모란꽃이 피는 5월 초

에는 나비와 벌이 많지 않아요. 때문에 모란꽃에 나비와 벌이 앉은 모습을 보기 힘들 뿐이지요. 이런 이유로 민화의 모란꽃에는 나비와 벌을 그리지 않는 것이 보통이에요.

우리 조상들은 모란꽃 그림이 있는 병풍을 즐겨 썼어요. 부유한 집에서는 각자 하나씩 마련해서 쓰고, 가난한 백성들은 마을에서 공동으로 마련해 혼례식이나 잔치 때 축하의 의미로 사용했지요.

모란꽃 못지않게 백성들의 사랑을 받은 민화의 그림은 호랑이예요.

우리 조상들은 호랑이를 영험한 동물로 여겼어요. 민간 신앙에서는 호랑이를 산신령으로 여기며 떠받들기도 했지요.

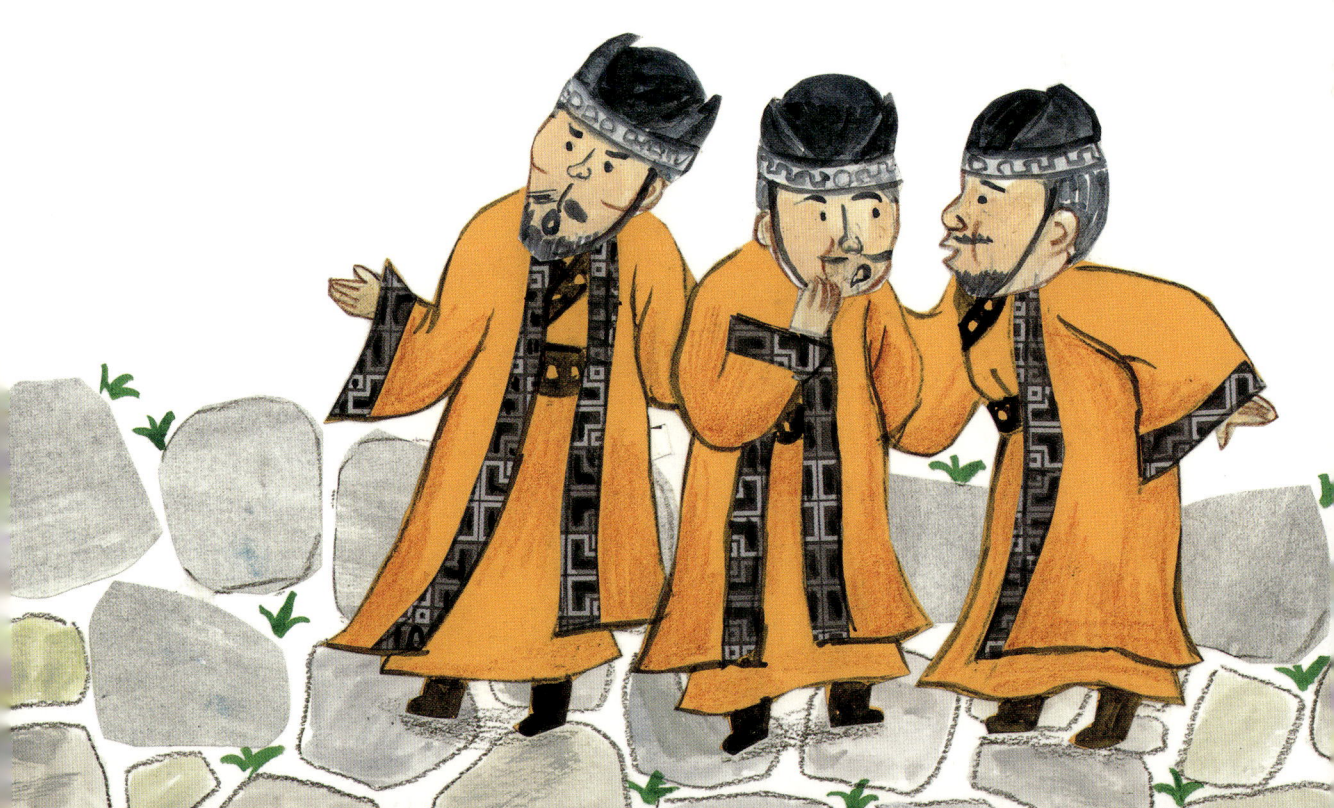

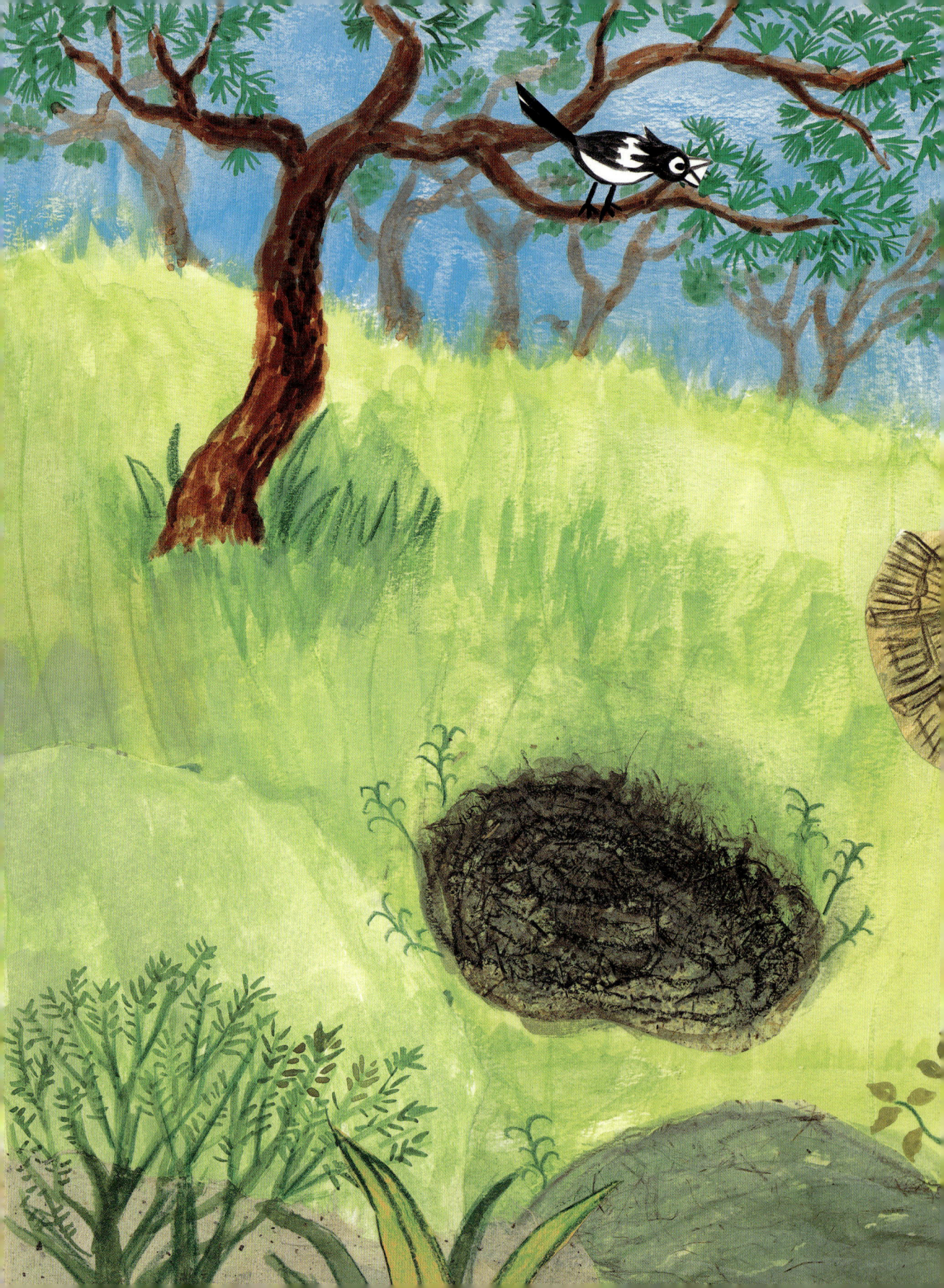

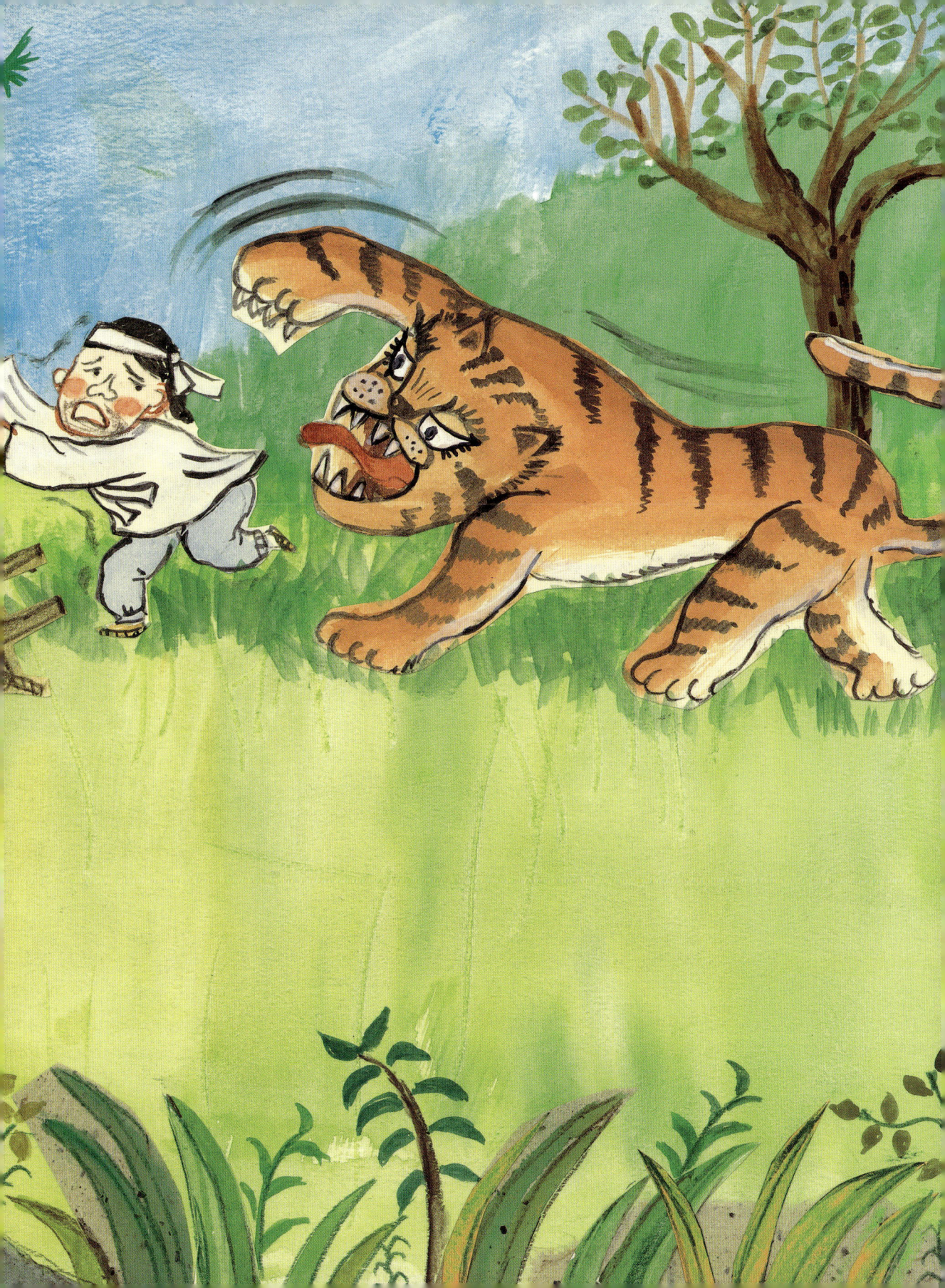

그런데 호랑이 민화에는 까치가 함께 그려진 것이 많아요. 왜 호랑이 그림에 까치를 함께 그렸을까요? 까치가 반가운 소식을 전해 주는 길조라는 믿음 때문이었을까요? 이에 대한 정확한 답은 아직 밝혀지지 않았어요. 어떤 학자는 이것이 우리의 옛 설화를 그림으로 옮긴 것이라는 주장을 펴기도 해요.

어떤 이야기인지 들어 볼래요?

호랑이가 담배 피우던 아주 먼 옛날이었어요. 호랑이 한 마리가 산속을 어슬렁거리다 커다란 웅덩이에 빠지고 말았어요. 아무리 발버둥 쳐도 빠져 나갈 수 없던 호랑이는 며칠 동안 굶주린 채 자기를 구해 줄 누군가를 애타게 기다렸어요.

사흘째 되는 날, 우연히 웅덩이 곁을 지나던 나무꾼이 있어 호랑이는 구출되었어요. 그러나 목숨을 건진 호랑이는 은혜를 모르고 나무꾼을 향해 으르렁댔어요.

"나를 구해 준 건 고맙지만, 배가 몹시 고프니 널 잡아먹어야겠다."

다급해진 나무꾼은 옆에 있는 소나무와 지나가던 소를 붙잡고 억울한 사정을 이야기했어요. 그러나 소나무와 황소는 들은 체 만체했어요. 마지막으로 나무꾼은 소나무 위에 있던 까치에게 도움을 청했어요. 그러자 영리한 까치가 호랑이에게 말했어요.

"나무꾼 말만 듣고는 알 수 없으니 지금까지 있었던 일을 그대로 해 보세요. 직접 보고 공정한 판결을 내리고 싶어요."

어리석은 호랑이는 그 말을 듣고 다시 웅덩이 속으로 들어갔고, 결국 나무꾼은 위험에서 벗어났지요.

그 뒤부터 인간은 까치와 더욱 친숙해지고, 까치가 호랑이를 놀리는 그림이 등장했다는 거예요. 이것이 사실인지는 정확히 알 수 없으나 재미있는 얘기인 것만은 틀림없지요.

이렇듯 민화는 모든 백성들에게 많은 사랑을 받았어요. 집집마다 민화를 걸어 놓고 복을 기원하기도 했어요. 하지만 지금은 이런 풍습이 사라져 모란꽃 그림이든 호랑이 그림이든 쉽게 찾아볼 수가 없어요. 참 안타까운 일이지요. 지금부터라도 우리 친구들이 조상들과 가깝게 생활한 민화에 관심을 가져 보는 것은 어떨까요?

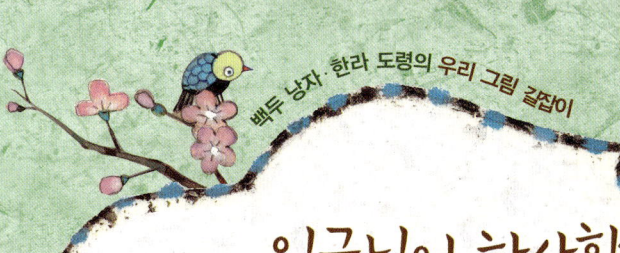

임금님이 하사한 세화

　예전에는 온갖 사악하고 부정한 것을 쫓아낸다는 의미로 절기에 따라서 부적을 문에 거는 풍습이 있었어요. 대문에 '입춘대길(立春大吉)'이라는 글씨와 호랑이 그림을 함께 붙이는 것이 그것이었지요.

　호랑이 그림뿐만 아니라 불을 막아 낸다는 전설의 동물 해태는 부엌에, 어둠을 밝히고 잡귀를 쫓는 닭은 중간 문에, 도둑을 지키는 개 그림은 곳간에 붙였지요. 이것은 축귀와 벽사의 의미였어요. '축귀'란 나쁜 귀신을 쫓는다는 뜻이고, '벽사'란 사악한 것을 물리친다는 의미예요.

　그런데 이러한 민화는 도대체 누가 그렸으며, 어떻게 비슷한 그림을 집집마다 걸 수 있었을까요?

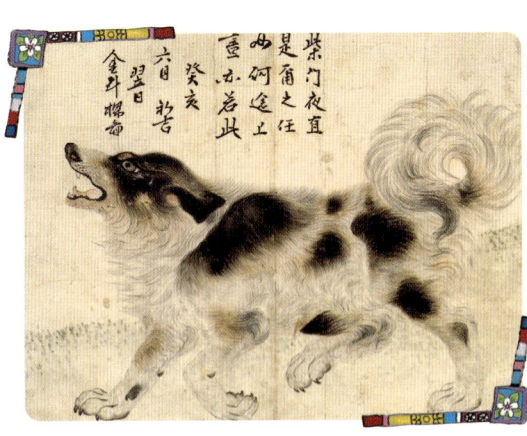

우리 조상들은 벽사의 의미로 삽살개 민화를 특히 많이 그렸어요.

요즘도 새해가 되면 연하장을 보내는 풍습이 있어요. 옛날에도 이런 풍습이 있었어요. 새해를 축하하는 뜻으로 임금님이 신하와 지방 관청에 그림을 그려 하사했지요. 이를 '세화'라고 불렀어요.

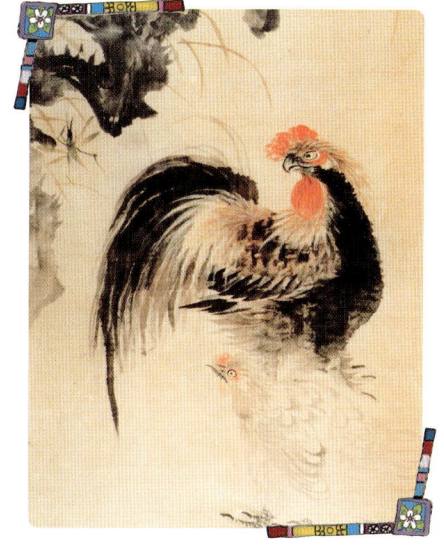

세화는 도화서에서 그려 지방의 하급 관청을 통해 내려 주는 것이 보통이었어요. 그러면 그것이 하나의 원본이 되었지요. 지방 관청에서 이 세화를 지방 귀족이나 백성들에게 나누어 주기 위해 그대로 베껴 그렸어요. 본그림에 종이를 대고 따라 그린 뒤 채색을 하곤 했답니다. 민화 가운데에 비슷한 그림이 많은 것은 바로 이 때문이에요. 같은 그림을 이용해 그렸지만 그린 사람의 실력과 개성에 따라 느낌이 달라졌어요.

도화서의 화원들은 자신만의 창조적인 그림을 그리지는 못했어요. 하지만 화원이 그린 세화를 보고 베낀 민화는 백성들에게 커다란 위안이 되었답니다.

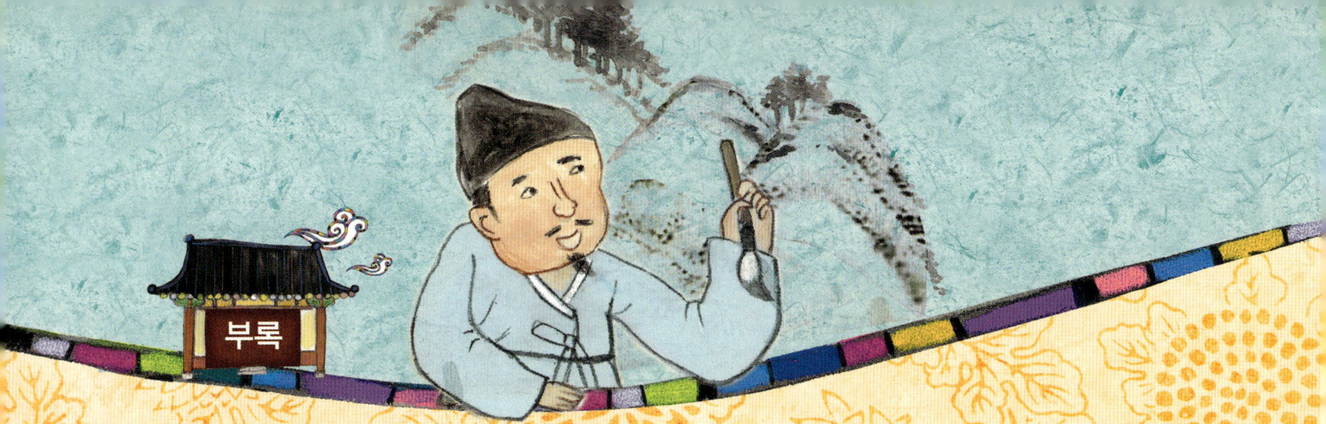

교과가 튼튼해지는

우리 것 우리 얘기

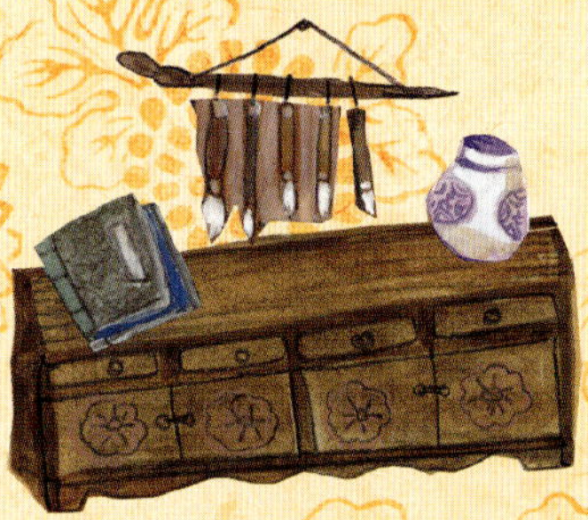

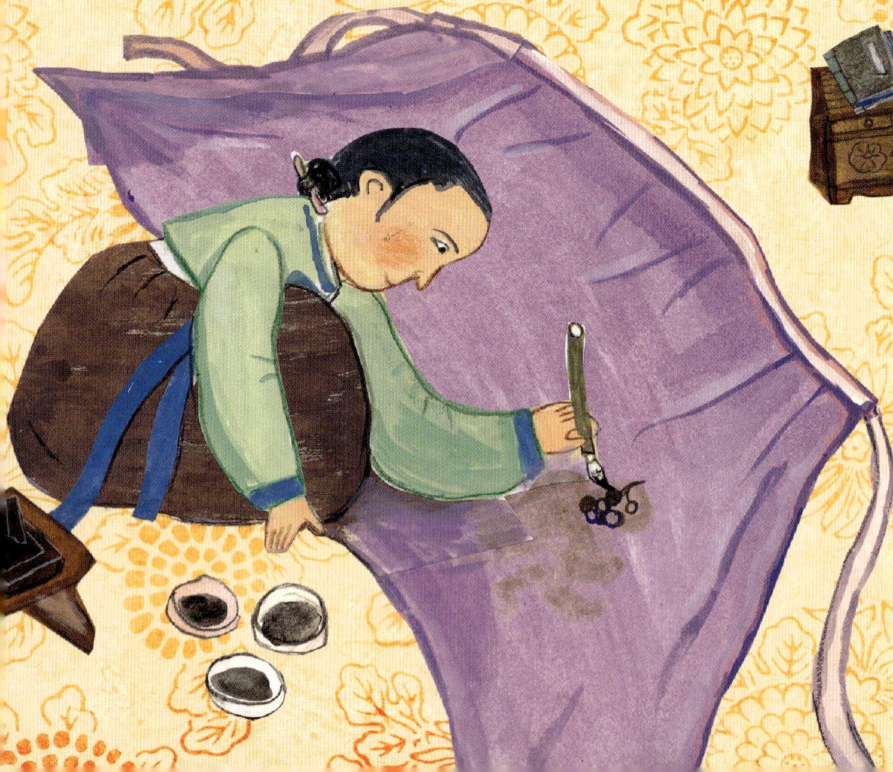

우리 조상들의 멋이 가득 담긴 옛 그림 잘 살펴보았나요?

옛 그림은 조상들의 숨결과 정신이 잘 나타나 있는 소중한 문화재랍니다.
그중 민화가 우리 민족의 정신이 가장 잘 드러나는 예술이지요.
양반에서부터 일반 백성 모두의 삶에 깊숙히 파고들었던 민화에 숨겨진 의미
에 대해 지금부터 알아 볼까요?

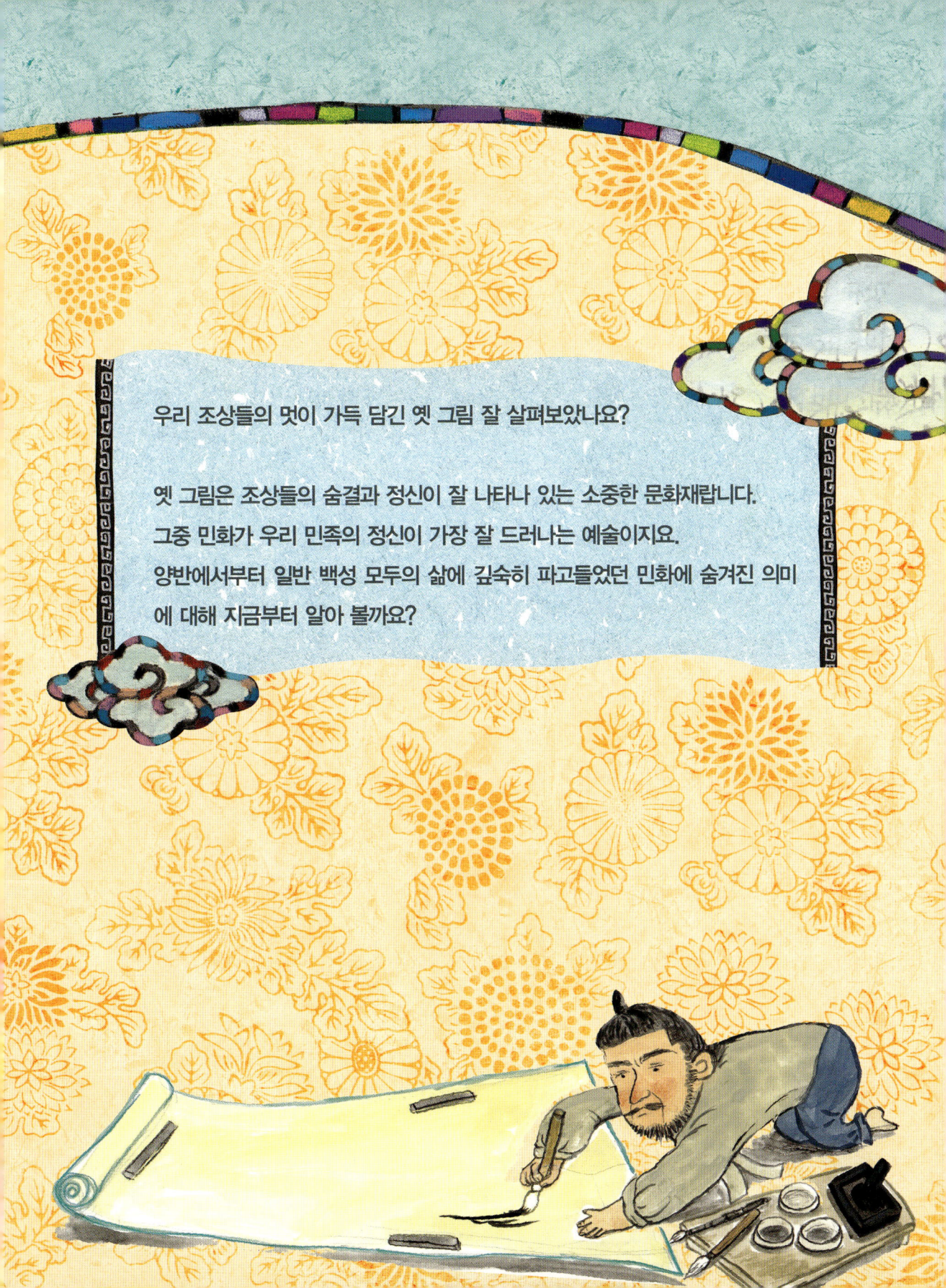

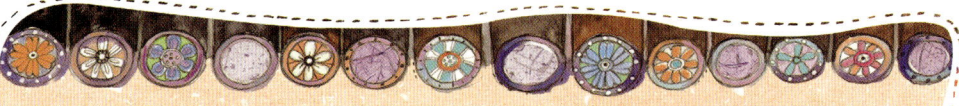

민화는 백성들이 원하는 소망을 그림으로 그렸어요. 호랑이, 풀, 꽃, 물고기와 상상 속의 동물들을 이용해 소망과 꿈을 그림에 담아냈지요. 이런 민화에 나타나는 소재들에는 각각 의미가 있어요. 우리 조상들의 생활과 밀접한 관계가 있는 민화에 어떤 의미가 있는지 지금부터 하나씩 살펴보도록 해요.

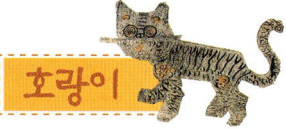

호랑이

우리 조상들은 새해가 되면 호랑이가 그려진 그림을 대문이나 벽에 걸어 액운을 막았답니다. 왜냐하면 호랑이의 용맹함이 액운이나 화를 막아준다고 생각했기 때문이에요.

호랑이를 그린 민화 중에는 까치를 함께 그린 그림을 자주 볼 수 있어요. 이런 민화를 '작호도'라고 부르지요. 까치는 예로부터 좋은 소식을 가지고 오는 새로 알려져 있어요. 그래서 호랑이와 함께 까치를 그리면, 액운을 막고 좋은 소식을 가져 오는 두 가지 효과를 볼 수 있게 되는 거예요.

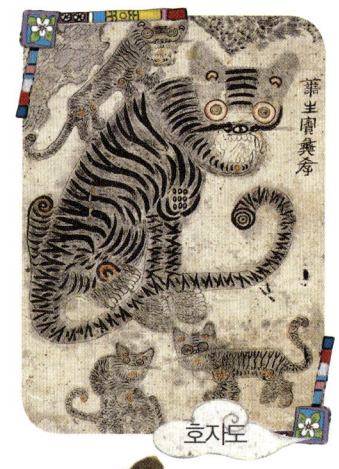

호자도

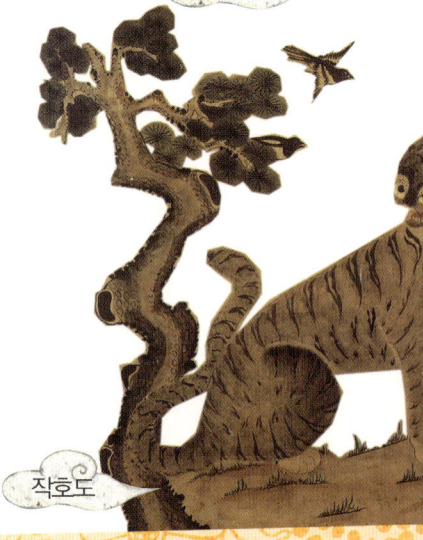

작호도

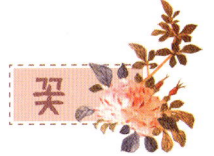

꽃

꽃이 그려진 민화는 부부의 화목과 화합을 바라는 의미가 있어요. 꽃만 그리는 경우도 있지만 대부분은 새나 곤충을 함께 그리곤 했지요.

꽃과 새를 함께 그리는 그림은 '화조도'라고 부르고, 새를 꼭 한 쌍으로 그렸지요.

꽃과 곤충을 함께 그리는 그림은 '초충도'라고 불렀어요. 꽃이 그려진 민화는 단아하고 여성적인 느낌이 들기 때문에 부인들의 방, 신혼방, 혼례 때 사용하는 병풍에 그리곤 했답니다.

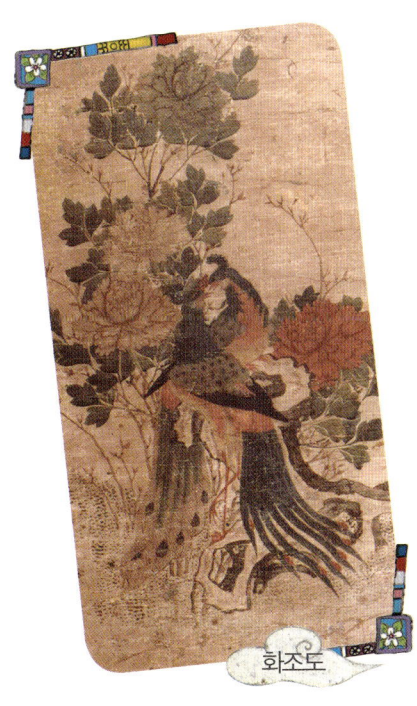

화조도

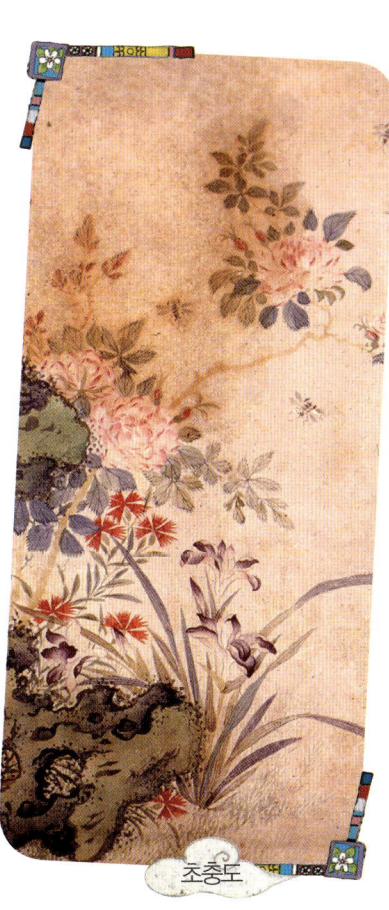

초충도

십장생

우리 조상들은 해, 산, 물, 돌, 구름, 소나무, 불로초, 거북, 학, 사슴이 늙지 않고 오래 살아있다고 생각했어요. 그래서 이것을 십장생이라고 부르고, 무병장수를 기원하는 마음으로 민화의 소재로 자주 이용했어요.

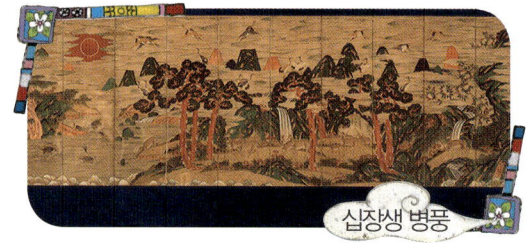

십장생 병풍

십장생이 그려진 민화는 장수를 바라는 마음에서 회갑 잔치의 병풍으로 사용하거나 어른이 계신 방에 붙였답니다. 조선 시대에는 임금이 앉는 의자 뒤에 치는 병풍의 그림으로 십장생을 이용했어요. 이 병풍 그림을 '일월오악도'라고 부르는데 임금의 위엄과 국가의 안위를 바라는 의미가 있답니다.

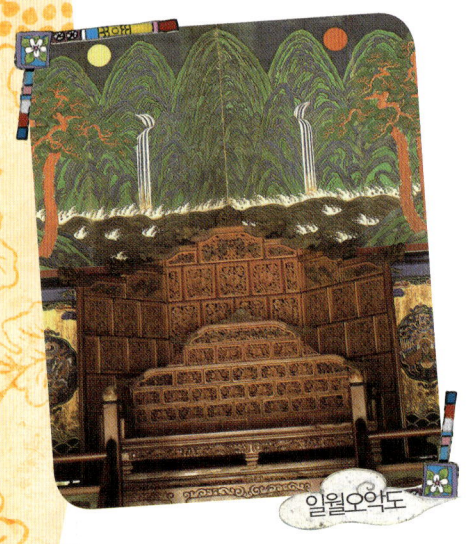

일월오악도

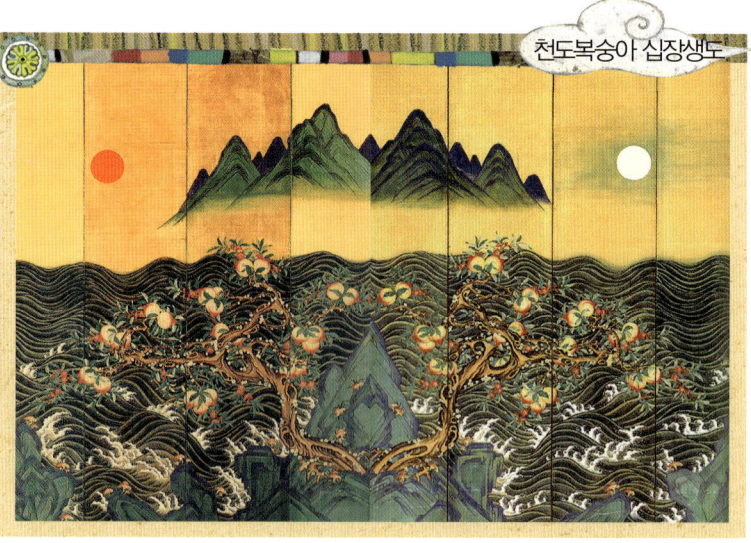

천도복숭아 십장생도

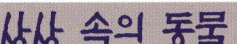
용이나 봉황, 기린, 해태, 불가사리 등 상상 속의 동물을
민화에 그리기도 했어요. 이런 상상 속의 동물은 여러
동물을 합쳐서 그린 경우가
많았지요. 봉황은 닭 벼슬
에 뱀의 목, 거북의 등, 물고기의 꼬리를 가진 새로
그렸어요. 용은 머리에 뿔, 몸통에는 비늘, 발에는 날카
로운 4개의 발톱을 가진 독특한 모습으로 그렸지요.
우리 조상들은 이런 신비한 동물을 그려 놓으면 나쁜
기운이 다가오지 못한다고 생각했어요.

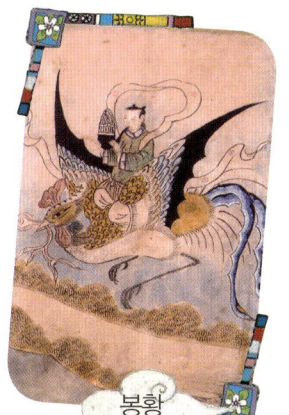
봉황

글씨 孝子

민화 중에는 글씨를 이용해 그림을 그린 '문자도'가 있어요. 문자도에 사용되는
글자는 살아가면서 중요하게 생각하는 것들을 주로 그렸답니다. 그림을 보는
사람에게 타이르거나 주의를 주는 목적으로 사용했어요. 그래서 주로 남자들이
사용하는 사랑방이나 글을 배우는 아이들의 방에 걸어두었답니다.

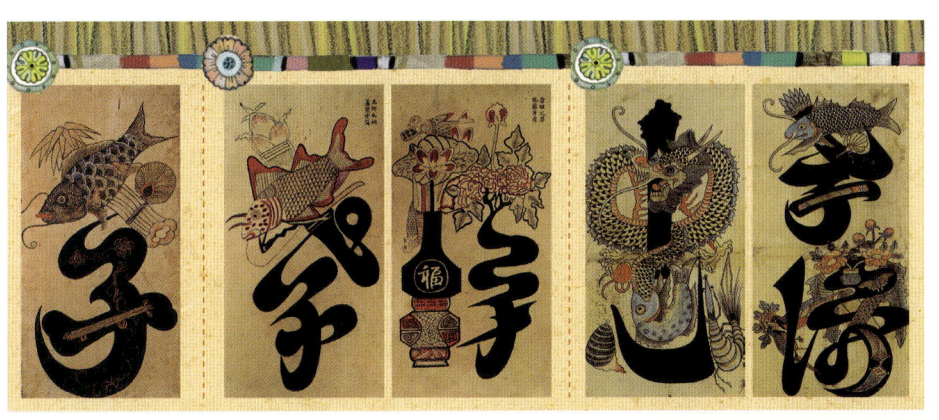

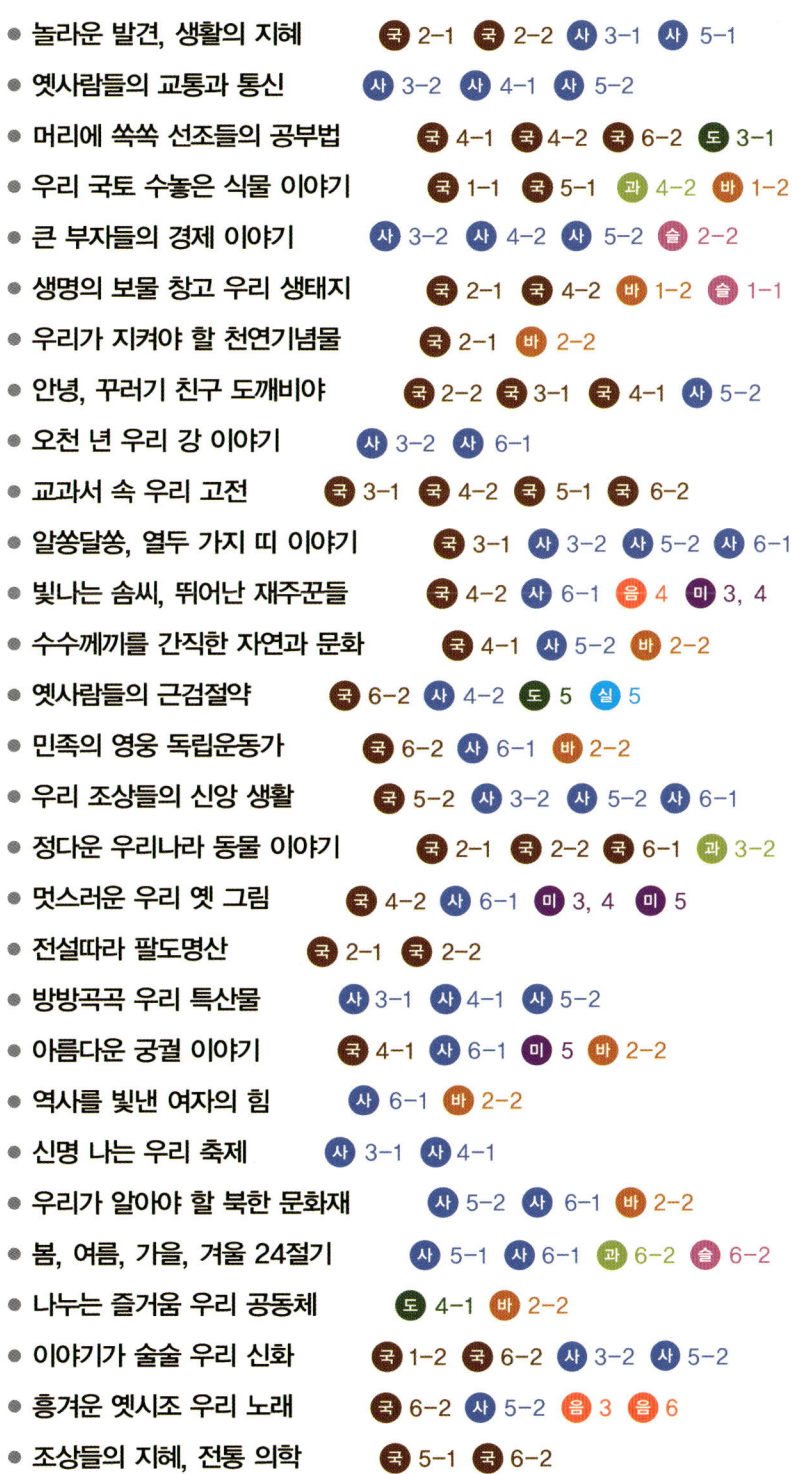

오십 빛깔 우리 것 우리 얘기 48

멋스러운 우리 옛 그림

초판 1쇄 인쇄 | 2012년 1월 20일
초판 3쇄 발행 | 2020년 8월 10일

글쓴이 | 우리누리
그린이 | 조명자

발행인 | 이상언
제작총괄 | 이정아

디자인 | bysukey.com

발행처 | 중앙일보플러스(주)
주소 | (04517) 서울시 중구 통일로 92 KG타워 4층
등록 | 2008년 1월 25일 제2014-000178호
판매 | 1588-0950
홈페이지 | jbooks.joins.com
네이버 포스트 | post.naver.com/joongangbooks

ⓒ 우리누리 2012

ISBN 978-89-278-0131-3 14800
      978-89-278-0092-7 14800(세트)